光明社科文库
GUANGMING DAILY PRESS:
A SOCIAL SCIENCE SERIES

·历史与文化书系·

西非法语诗歌中的双重文化

——以桑戈尔、乌·塔姆西和塔蒂·卢塔尔为例

彭 晖|著

光明日报出版社

图书在版编目（CIP）数据

西非法语诗歌中的双重文化：以桑戈尔、乌·塔姆
西和塔蒂·卢塔尔为例 / 彭晖著. -- 北京：光明日报
出版社，2021.9
ISBN 978 - 7 - 5194 - 6251 - 2

Ⅰ. ①西… Ⅱ. ①彭… Ⅲ. ①法语—诗歌研究—西非
Ⅳ. ①I430. 72

中国版本图书馆 CIP 数据核字（2021）第 162650 号

西非法语诗歌中的双重文化：以桑戈尔、乌·塔姆西和塔蒂·卢塔
尔为例

XIFEI FAYU SHIGE ZHONG DE SHUANGCHONG WENHUA：YI SANGGEER、
WU · TAMUXI HE TADI · LUTAER WEILI

著　　者：彭　晖

责任编辑：史　宁　　　　　　责任校对：刘欠欠
封面设计：中联华文　　　　　责任印制：曹　诤

出版发行：光明日报出版社
地　　　址：北京市西城区永安路 106 号，100050
电　　　话：010 - 63169890（咨询），010 - 63131930（邮购）
传　　　真：010 - 63131930
网　　　址：http：// book. gmw. cn
E - mail：gmrbcbs@ gmw. cn
法律顾问：北京市兰台律师事务所龚柳方律师

印　　　刷：三河市华东印刷有限公司
装　　　订：三河市华东印刷有限公司

本书如有破损、缺页、装订错误，请与本社联系调换，电话：010 - 63131930

开　　本：170mm × 240mm
字　　数：153 千字　　　　　　印　　张：14
版　　次：2021 年 9 月第 1 版　　印　　次：2021 年 9 月第 1 次印刷
书　　号：ISBN 978 - 7 - 5194 - 6251 - 2

定　　价：95. 00 元

序

20 世纪 80 年代初，也就是我读大学的那个年代，外国文学史通常只介绍美、英、法、德、俄、意、西、日等几个西方强国的作家和作品。我们对第三世界的文学知之甚少，甚至觉得非洲就是个文学沙漠。但是，近二三十年来，这种情况有所改观，一直处于失语状态的弱势群体和弱势种族的文学创作开始走出国界，逐渐成了世界文学的一部分。相关的评论越来越多，相关的主题也引起当下人文社科的热议、思考和研究。

上个星期，很荣幸接到了国际关系学院彭晖老师的盛情邀请，要我为其研究成果《西非法语诗歌中的双重文化——以桑戈尔、乌·塔姆西和塔蒂·卢塔尔为例》作序。没有任何客套和推诿，我欣然答应了，因为我觉得这是个光荣而神圣的使命，构建中非命运共同体、文化多元化和世界多极化需要我们每一个个体的积极参与，更何况我从 1996 年就开始关注非洲，研究非洲。

自文艺复兴以来，尤其是哥伦布发现新大陆和麦哲伦环球航行以来，西方列强加快了殖民侵略的步伐。19 世纪 30 年代，法国入侵阿尔及利亚，紧接着，使北非、西非、中非等许多非洲国家沦为了法兰西帝国的殖民地。由于受到种族主义偏见的影响，在许多作家的笔下，非洲成了愚昧、懒惰、落后、疾病、野蛮的代名词，非洲被妖魔化的情形司空见惯，屡见不鲜。似乎非洲被侵略、被殖民、被奴役、被教化是历史发展的必然。面对殖民主义行径和被殖民的历史，撒哈拉沙漠以南的非洲人究竟怀有什么心态？有什么诉求？有什么梦想？又具有什么样的特质？所有这些疑问是可以在西非法语诗歌里找到答案的。我想，这或许就是彭晖老师当初申请中央高校基本科研业务项目的初衷。在用法语创作的西非诗人当中，桑戈尔、乌·塔姆西和塔蒂·卢塔尔声誉卓著。这三位诗人曾先后就读于宗主国法兰西，每个人的诗歌创作时间长达 20 年以上，而且留下了许多耐人寻味的不朽诗篇。把这三位诗人放在一起研究不仅是可行的，而且是智慧的，因为他们都极力赞美古老的非洲文明，强烈地控诉伪善的欧洲文化，特别是对殖民主义和帝国主义遗留的社会问题进行了无情的揭露和深刻的反思。

　　前几年，我曾经阅读过 19 世纪法国作家瑟南古的著作《中国历史概述》，有关中国祖先的假说给我留下了极为深刻的印象。其大致的内容是：非洲是个高原大陆，距离太阳最近，接受的能量最多，是个最容易诞生生命的地方。人诞生之后，对太阳很好奇，他们希望能够抵达太阳升起的地方。于是，他们越过撒哈拉沙漠，经过小亚细亚、西伯利亚，最后抵达中国。后来，面对茫茫的太平洋，他们不得不停下了脚步，并在中国安家落户。至于这一假说的真实性，我们姑且不谈，它至少在血缘上拉近了我们与非洲黑人兄弟的距离，同时在文化上也颠覆了具有排他性的种族主义和西方逻各斯中心主义。

在彭晖老师的这部论著中，对桑戈尔、乌·塔姆西和塔蒂·卢塔尔的研究主要集中于几个关键词：黑人性、文化认同、身份认同、后殖民主义、他者性等。虽然不同章节的切入点有所不同，但整个作品始终没有离开文化这根主轴线。文明与冲突是个古老的话题，但常议常新。这部作品不仅让我们进一步走近20世纪三位西非法语诗人，走近他们的精神世界，而且为我们提供了有关文明与冲突思考的新视角、新思路和新内容，让我们不仅看到了一个具有辉煌历史的非洲、一个值得骄傲和自豪的非洲，而且看到了一个需要认识和理解的非洲、一个向往美好和充满希望的非洲。但愿这一成果能够承前启后，继往开来，把我国的非洲文学研究提高到一个新的水平。

刘成富　于南大和园
2020 年 7 月 28 日

目　录
CONTENTS

引　言

　　非洲诗歌一向很少出现在中国读者的视野里，20 世纪五六十年代国内《世界文学》杂志曾对非洲诗歌有过译介，1983 年外国文学出版社出版过《桑戈尔诗选》，1986 年四川人民出版社出版过《非洲诗选》，2003 年河北教育出版社出版过《非洲现代诗选》，2010 年世界知识出版社出版过《这里不平静：非洲诗选》。在这仅有的几本非洲诗选里，收录了非洲十几个国家世界级诗歌大师的上百首诗作，然而在这些作品中大部分都是英语诗歌，法语诗歌所占比例很少。其中包括撒哈拉以南非洲三位重要诗人：在国际政坛和世界文坛都享有崇高声望的塞内加尔"总统诗人"列奥波尔德·塞达·桑戈尔（Léopold Sédar Senghor，1906—2001），被誉为非洲大陆伟大的诗人之一的刚果共和国诗人契卡雅·乌·塔姆西（Tchicaya U Tam'si，1931—1988）以及获奖无数、非洲法语国家重要的诗人之一、刚果共和国"政客诗人"让－巴蒂斯特·塔蒂·卢塔尔（Jean－Baptiste Tati Loutard，1938—2009）。

　　一般来说，诗歌的命运与国家的命运有着难舍难分的联系。因为历史的原因，非洲的原生态文化被破坏，主流文化被打上了强烈的殖民烙印，体现出浓厚的殖民色彩。非洲国家大都怀着一种非常焦虑的心情：既要学习西方发达国家的先进又要反抗其压迫。一方面必须对本国人民进行"启蒙"，打破原有的"陋习"，向西方发达国家学习，形成从经济到文化思想的新秩序；另一方面又要对帝国主义和殖民主义做出揭露和反抗，争取本国的独立发展。

在面对强大的"西方"时，非洲人民一方面对自己的文化、种族和民族身份产生疑问和疑惑；另一方面又怀念古老生活传统，对自己的民族文化引以为傲。这些纠结和复杂的问题不断强化，纠缠在每一个普通人包括诗人的意识当中。在诗歌艺术当中如何对待和处理这些问题，是任何诗人都无法逃避的。国家的处境和命运使得非洲诗人肩负了更多的历史使命和社会责任，不可避免地决定了他们的写作倾向，以及对诗歌的社会功能和审美功能如何平衡的态度。

塞内加尔和刚果共和国分别被法国殖民了近百年和八十年之久，法国对当时殖民地采取的是赤裸裸的同化殖民统治政策。这种同化包括经济、行政、文化、身份的同化。掠夺性的经济同化，强制性的行政同化，专制性的文化同化以及诱惑性的身份同化。文化要素在同化过程中有着至关重要的影响，在一定程度上说，同化主要是文化上的同化。而文化同化主要以教育为实现手段，以法语作为法国文化的传播媒介，推广法式教育，培养以法语为母语的当地精英。同化政策的最终目的是要消灭殖民地的语言和传统文化，根除殖民地的过去，把殖民地变成法兰西共和国的一部分，让当地人使用法语，信奉基督教，增强对宗主国的认同感，将他们塑造成"黑色的法国公民"。对法兰西文明的鼓吹和对非洲传统文化的贬低，是殖民扩张的必然经过。非洲传统文化受到法兰西文明的巨大冲击，无疑会产生一种强烈的文化碰撞。

桑戈尔、乌·塔姆西和塔蒂·卢塔尔这三位用法语创作的诗人正是在这两种文化的碰撞中成长的，而且都有在法国学习和生活的经历。桑戈尔在法国生活、学习、工作了30多年，是第一个有资格教授法语、取得法国文学博士学位的非洲人，也是第一个入选法兰西学院院士的非洲人，他对欧洲文化的精通与博学为巴黎知识界所公认。乌·塔姆西15岁就离开祖国前往法国求学，24岁时出版的第一部诗集也是受到法国著名诗人兰波（Rimbaud）的影响而创作的。塔蒂·卢塔尔在法国波尔多学习文学6年，获得现代文学学士学位。他们都受过西方的教育，与西方文明有近距离的接触，并从这种文明中汲取营养，从某种意义上说，他们是文化的"混血儿"。

当我们讨论非洲当代文学的时候，不可避免的视角可能就是殖民与后殖民的理论。殖民主义作为后殖民必然的前提，是老生常谈的。可以想象的是，从历史上讲，当大航海时代开启以后，欧洲人重新打开了世界。他们带着自己基督教一神论闯入其他大陆，用先进的生产力和武力在这些大陆尤其是非洲大陆上，建立了自己强大的话语/权利。按照法国哲学家福柯（Foucault）的理论，这种话语/权利的胜利，也就是获得了世界的解释权——知识。与此并生的，就是一系列西方中心主义所引起的二元对立，一种特权视角下的二元对立。首先出现的是空间上的二元对立，这种二元对立根深蒂固的程度甚至在于它已经完全融入我们的话语体系，包括这篇论著，也在不可避免地使用诸如"西方"这样的词语，它绝不仅仅是空间的词语，因为"西方"的使用，在很大程度上意味着一套修辞策略和复杂的话语体系，它们正在设置诸如"理性和非理性""文明和野蛮""先进和落后""科学和迷信"等路障，阻碍着我们看清世界更真实的样子，也就是把"西方"欧美置于世界的中心和意义的源泉，而把其他地区置于不见光的黑暗之中，在含混的同时，把它们变成了不见光的"他者"，就像西方的反面。正如美国后殖民批评理论代表人物萨义德（Said）在《东方学》一书中指出："东方是非理性的、堕落的、幼稚的、'不正常的'；而欧洲则是理性的、贞洁的、成熟的、'正常的'。……东方人的世界之所以能为人所理解、之所以具有自己的特征却并非由于其自身的努力，而是因为有西方一整套有效的操作机制，通过这些操作机制东方才得以为西方所确认。……东方都被某些支配性的框架所控制和表述。"①。

　　而后殖民主义的出现，也就是面对种种欧洲殖民主义的历史事实及其后果，构建起一个巨大的话语场。它关注西方与东方不平等的政治经济关系，更关注第三世界国家、民族与西方殖民主义国家的文化上的关系。"人类文明史基本上是一部独白的历史，这部历史是建立在一些人的声音被压抑以至失语的基础上的。所有失语者总共三类：种族、阶级和性别。被压迫种族（如黑人）、被压迫阶级（穷人）、被压迫性别

---

① 爱德华·萨义德. 东方学［M］. 王宇根，译. 北京：生活·读书·新知三联书店，2007：51－52.

（女人），都是不能说话的，都是失语群体。"① 在西方为主导的话语体系内，非洲人民是为欧洲殖民者的优越性所设立的一个"他者"，处于他们的对立面：野蛮、落后。这个"他者"的声音被压抑，非洲反而被外部具有话语权者想象、建构和表述，在这一种非对等的权利关系下所呈现的非洲并不是真正的非洲，不是现实的非洲。

在许多西方作家的笔下，有关非洲题材的作品侧重的都是秀丽的自然风光、野蛮无知的土著和神秘愚昧的风俗，突出的是欧洲文化以及民族的优越性，流露出的是或多或少的殖民主义倾向。面对这种不断重申欧洲比非洲更为优越、先进的文化霸权，面对非洲文化被低劣化处理的处境，三位诗人清醒地意识到自己肩负的责任：要打破这样一种陈词滥调，要改变用偏见与傲慢打造的"他者"形象，就必须发出自己的声音，不再做失语群体，而是用自己的话语来表述自身。诗歌于是成为他们构建自己话语权，尤其是文化话语权的载体，在此过程中，对于两种文化的"混血儿"来说，身份认同是极为重要的一环。

身份认同首先是自我个体作为一个统一体和连续体的自我认知，是一项自我的工程。它是复杂的，英国作家威廉·布鲁姆（William Bloom）认为"身份认同"大致分为四类。一是个人身份认同：在个体与特定文化的认同过程中，文化机构的权利运作促使个体积极或消极地参与文化实践活动，以实现其身份的认同。二是集体身份认同：文化主体在两个不同文化群体或亚群体之间进行抉择。三是自我身份认同：强

---

① 赵炎秋. 文学批评实践教程［M］. 长沙：中南大学出版社，2015：356.

调自我的心理或身体体验，以自我为核心。最后是社会身份认同：强调人的社会属性。这四类身份认同的核心都是认同过程中的"文化"内涵，换句话说，其核心是文化认同，因为"身份问题总是和一定的文化语境联系在一起，其本质就是对自我的不断追寻，对自我身份的不断追问和建构"①。

文化认同一般而言是指一种集体共有的文化同一性或文化归属感。"这个'集体'又往往指民族，所以有学者认为'文化认同基本上是指民族性'。民族性是指一个集团的特征，这种特征表现为其成员有着共同的历史或起源，以及一种特殊的文化遗产。"②作为文化认同基础的民族性可以从以下方面进行考察：对于民族集团的相对同质的文化遗产的爱戴，对于一个民族集团融合于其中的国家所具有的多少是同质的文化遗产的依附，同一个由确立的民族集团或国家组成的超民族整体所具有的共同文化特质的关联。在抵抗西方文化霸权的背景下，因文化认同所形成统一的文化身份有助于非洲人民共同反对殖民主义和种族主义。

认同由话语所构成，话语对认同产生双重定向作用：一方面是话语的构成性，即话语总是给定的，已构成的；另一方面是话语的建构性或施为性，人通过话语来塑造自己。诗歌中的意象、隐喻等形象话语对认同产生非常关键的作用，它有意无意地泄露了作者的身份归属或认同倾向。因此，诗歌是一种能够彰显文化认同抑或是文化身份的有力文学形式，具体来说，它可以表达鲜明的民族特性、丰富的民族文化内涵和复

---

① 刘成富．文化身份与现当代法国文学［M］．南京：南京大学出版社，2017：7.
② 赵炎秋．文学批评实践教程［M］．长沙：中南大学出版社，2015：443.

杂的人民心理感受。

三位诗人诗歌创作都长达 20 年以上，诗歌作品数量众多。他们的诗歌创作毫无疑问地体现了两种文化的碰撞及其"杂糅"的文化身份。在非洲传统文化根深蒂固、法国文化日渐渗透于心的背景下，三位非洲诗人的诗歌创作独具非洲传统文化特色，也有法国文化的印记，同时具有一种很强劲的政治性。他们的诗歌都直面现实，对非洲的政治现实、历史事实进行强有力的表达和艺术的处理。在他们的诗歌中，有对古老非洲文明的回忆和赞美，对非洲人民及美好传统精神的讴歌，更有对欧洲文明虚伪面的揭发与控诉，对殖民主义和帝国主义遗留问题的揭露和反省。

曾连任五届总统、塞内加尔国父桑戈尔，是非洲民族解放运动的先驱和非洲社会主义尝试的代表人物之一，也是第一个以诗歌的形式用法语表达和呈现塞内加尔以及撒哈拉以南非洲人民的苦难历程和所处困境的人。桑戈尔的主要诗集有：《阴影之歌》（*Chants d'ombre*）（1945 年）、《黑色祭品》（*Hosties noires*）（1948 年）、《埃塞俄比亚之歌》（*Éthiopiques*）（1956 年）、《夜曲》（*Nocturnes*）（1961 年）、《热带雨季的信札》（*Lettres d'hivernage*）（1973 年）、《杰克·汤姆森之歌》（*Chant pour Jackie Thomson*）（1973 年）、《主哀歌》（*Élégies majeures*）（1979 年）、《诗歌选集》（*Poèmes divers*）（1990 年）。

他的诗歌创作同他的政治活动一样，有着一致的目的，就是争取非洲人民在政治文化上的解放，争取非洲人民在世界事务中的独立地位。20 世纪 30 年代初，由他与莱昂·达马（Léon Damas）、艾梅·塞泽尔

(Aimé Césaire) 倡导推动的"黑人性"（la Négritude）运动，旨在恢复黑人价值，唤起非洲殖民地社会民众对于黑人文化个性、文化归属的自尊、自信和认同。桑戈尔不仅是此运动的倡导者，也是代表性诗人，他的诗作扎根非洲黑人文化传统，赞颂黑人传统精神的价值，在艺术表现上也体现了"黑人性"文学的鲜明特征。

被誉为非洲有天赋的诗人之一的乌·塔姆西，以诗歌作为武器，谴责殖民主义，批判种族歧视，维护非洲和祖国人民的自尊，争取自身和祖国的解放。他的主要诗集有：《坏血统》（*Le Mauvais sang*）（1955年）、《丛林之火》（*Feu de brousse*）（1957年）、《昧心》（*À triche-cœur*）（1960年）、《历史概要》（*Épitomé*）（1962年）、《肚子》（*Le Ventre*）（1964年）、《面包或灰烬》（*Le Pain ou la cendre*）（1978年）。

担任过国家部门诸多重要职位的塔蒂·卢塔尔是刚果共和国文化运动领袖，在他30多年的诗歌创作生涯中，一直在探寻生活和艺术的价值，为非洲人民的苦难发声，试图找寻非洲人民及人类应对生存挑战的答案。塔蒂·卢塔尔的主要诗集有：《海之诗》（*Poèmes de la mer*）（1968年）、《刚果根》（*Les Racines congolaises*）（1968年）、《太阳的背面》（*L'Envers du soleil*）（1970年）、《时间的准则》（*Les Normes du temps*）（1974年）、《星球之火》（*Les Feux de la planète*）（1977年）、《高原的对话》（*Le Dialogue des plateaux*）（1982年）、《梦的传统》（*La Tradition du songe*）（1985年）、《南方的蛇》（*Le Serpent austral*）（1992年）、《现象的秩序》（*L'Ordre des phénomènes*）（1996年）、《棕榈树-琴鸟》（*Le Palmier-lyre*）（1998年）和《诗歌全集》（*Œvres poétiques*）

（2009 年）。

毫无疑问，在这三位非洲诗人的诗歌创作中，非洲传统文化占据着极为重要的位置，以非洲人的身份及角度呈现和展示的传统文化与之前西方表述的截然不同，它是独一无二的，是丰富多彩的，更是非洲人民骄傲和自豪的源泉。三位诗人对自己的部族、国家乃至整个非洲的文化有着统一的文化认同，作为非洲传统文化的代言人，他们力图肯定并强调非洲传统文化的价值，展现非洲的风采，帮助非洲人民摆脱殖民主义制造的自卑心理，鼓励他们为自己的尊严和地位做斗争。

身份问题或是文化认同问题的提出，必定是因为处于动荡与危险之际，也就是既有的方式受到威胁。在有着血泪殖民史的非洲大地上，西方文化与传统文化的碰撞产生冲突和不对称的后果，文化身份问题被提出。文化认同有两种基本的阐述方式："一种是本质论的，狭隘、封闭；另一种是历史的、差异性的，包容、开放。前者将文化身份视为已经形成的事实，构造好了的本质。后者将文化身份视为某种正在被制造的东西，并处于未完成的过程之中。"①本质论的文化认同是对共同的历史经验和共有的文化符号的认同，更加有利于形成一种统一的文化身份。三位诗人对非洲传统文化的一致认同正符合这种文化身份观，对于非洲人民对抗文化霸权具有一定的积极意义。

另一方面，三位诗人"杂糅"的文化身份也体现了差异性的文化身份观。在历史和社会中，文化身份是不断变化和不断被重构的。虽然

---

① 赵炎秋．文学批评实践教程［M］．长沙：中南大学出版社，2015：444.

他们对非洲传统文化有着深深的认同，坚守着自己原有的文化身份，但外来文化也就是法国文化在他们身上留下了难以磨灭的痕迹。在他们控诉殖民者的入侵，揭穿殖民主义和种族主义谬论的同时，也汲取了西方文明的营养，对深受其影响的外来文化难免也会有认同的部分。首先用法语创作诗歌本身就是强有力的见证。其次，在他们的诗歌中，不可避免地会提及法国或与法国文化相关的内容，而他们对法国文化的态度也通过诗歌中的语言、意象和艺术处理方式表露出来。

那么，在诗歌创作中，三位非洲诗人呈现了哪些非洲传统文化？对传统文化的认同是如何体现的？在传统文化认同方面，这三位诗人又有何异同？论著的第一部分将会解答这些问题。第二部分和第三部分着重研究诗歌中体现的外来文化：提及的外来文化有哪些？外来文化对诗人及其创作有着怎样的影响？三位诗人对外来文化的态度如何，又有何异同？

通过研究三位诗人诗歌中的传统文化和外来文化，尤其是两种文化之间的碰撞，可以更加了解以这三位诗人为代表的非洲诗人特有的文化身份；可以感受到他们对失语深感忧虑，为构建自己的文化话语权奋斗不止的精神；可以以小窥大，窥见以塞内加尔和刚果共和国为代表的撒哈拉以南非洲人民微妙的心理历程、独特的美学趣味以及前卫的探索精神。

第一章

对传统文化的认同与回归

桑戈尔、乌·塔姆西和塔蒂·卢塔尔的诗都深深印上了各自祖国以及非洲大陆的烙印，他们对祖国与非洲大陆的眷恋、热爱与赞美通过诗句满溢而出，非洲悠久绚烂的历史、丰富多元的文化、质朴的风土人情都是他们极其重要的诗歌创作源泉。他们的诗歌将人们带入具有非洲特色的环境和氛围中，展现非洲独具魅力的传统文化，向世界呈现非洲大地独特绚烂的美。

洋溢在三位诗人诗作中的浓浓非洲元素体现了他们对自己的民族文化以及非洲的传统文化有一种共享的归属感和强烈的认同感。对所属文化的认同也就是对自我身份的认同："文化往往被认为是个人身份得到确定的主要因素之一。个人对自己的理解是被文化所构成的，他总是参照一定边界内的地域、语言、成长仪式、价值观来确定自己的位置①。"一定文化特有的话语结构决定个体对自己的表述，三位诗人通过对传统文化，也就是特有文化符号的表述从而来表达自己的身份。美国著名人类学家乔纳森·弗里曼（Jonathan Freeman）认为存在两种范围很广的文

---

① 赵炎秋．文学批评实践教程［M］．长沙：中南大学出版社，2015：444．

化认同，第一种是个体主义的"生活风格"，第二种"通常被称之为族群性的。……可以用两种方式进行解释：或者作为共同传统、历史和遗传；或者作为种族。""前一种文化认同被刻画在个体上，后一种文化认同刻画在族群或种族上"①。

非洲历史悠久，是人类文明的发祥地之一。非洲种族、部族繁多，拥有灿烂的古代文明、丰富多元的文化和古朴粗犷的风俗民情。这三位诗人的文化认同都是刻画在非洲共同的历史、传统和族群特有的文化符号上的。在他们的诗中，大量的笔墨花在展现家乡、部族、祖国和非洲大陆的历史文化、风土人情、语言艺术上，对这些传统文化的认同，是诗人对自己非洲文化身份的表述和强调，更是作为被压迫者的发声。

第一节　桑戈尔

1906 年 10 月，桑戈尔出生于塞内加尔西部濒临大西洋的港口城镇若阿勒（Joal）一个富裕的塞雷尔人家庭。父亲迪奥戈耶·桑戈尔（Diogoye Senghor）是当地塞雷尔贵族和富商，母亲妮兰娜·巴库姆（Gnilane Bakhoum）是虔诚的天主教徒，来自西部小镇迪洛尔（Dylôr）。桑戈尔的童年是在迪洛尔的外婆家度过的。他的舅舅瓦力·巴库姆（Waly Bakhoum）精通兽医农事，知识广博，经常给他讲述非洲的历史、

---

① 赵炎秋．文学批评实践教程［M］．长沙：中南大学出版社，2015：444.

风俗人情、天文地理等，对童年桑戈尔的教育产生了重要的影响。1913年至1922年，桑戈尔在恩加佐比勒的天主教会"圣灵之父"寄宿学校学习天主教教义和法语。1922年至1928年，先后在纳·罗·文森斯高中和达喀尔弗朗西斯·利伯曼神学院学习。1928年，带着塞内加尔政府颁发的奖学金，前往巴黎求学。

在巴黎路易勒格朗中学（即路易大帝高中）完成大学预科后就读于巴黎高等师范学院，1931年获文学学士学位，同年就读于巴黎大学，主修法国文学。1933年在法国获得中学教师资格并申请加入法国国籍，1934年以法语、拉丁语、希腊语和代数方面的优异成绩，获得语言和文学硕士学位。1935年毕业于巴黎大学文学院，并成为法国第一位取得大学教授法语资格的非洲人。1935年至1938年，桑戈尔在图尔的笛卡尔公立中学教授语文。1938年10月转到圣莫尔 – 德福塞的马塞兰 – 贝特洛公立中学任教。除从事中学教学工作外，他还在著名语言学家莉莉娅斯·洪布格尔（Lilias Homburger）领导的法国巴黎高等研究实践学院以及著名社会学家马塞尔·科恩（Marcel Cohen）、马塞尔·莫斯（Marcel Mauss）和保罗·里维特（Paul Rivette）所在的巴黎民族学研究所教授语言学。

1939年第二次世界大战爆发后，桑戈尔应征入伍，成为二等兵，在法国外籍军团第23和第3殖民地步兵团服役。1940年6月在罗亚尔河战役中被德军俘虏。1942年桑戈尔因健康原因获释，继续留在巴黎任教，同时参加法国教育界全国阵线，投入夏尔·戴高乐（Charles de Gaulle）将军领导的自由法国抵抗运动，战后被授予法兰西同盟勋章。

1960 年 8 月 25 日，塞内加尔共和国宣告成立，同年 9 月 6 日，桑戈尔被一致推选为共和国总统兼武装部队总司令，此后在 1963 年、1968 年、1973 年和 1978 年蝉联四届总统。

桑戈尔在法国读书期间，他与后来成为法国总统的同班同学乔治·蓬皮杜（Georges Pompidou）结为至交，和来自马提尼克的艾梅·塞泽尔、圭亚那的莱昂·达玛斯结识，并与他们一起创办《黑人大学生》杂志，提倡"黑人性"。这不仅为黑人知识分子提供了讲坛，并且对法国的文化同化政策进行了毫不留情的批判。他们共同倡导的以"黑人性"为口号的政治文化运动，团结了不少法语黑人作家，形成了一股影响日益扩大的滚滚洪流，在思想上为第二次世界大战后非洲国家的独立运动做了深入的准备，为当代法语黑人文学的兴起奠定了基础，在提高黑人民族的自尊心、反对种族歧视、恢复和发扬黑人文化传统方面做出了历史性的贡献。

除了出版自己的诗集，他在 1948 年还编辑出版过一本《黑人和马尔加什法语新诗选》（Anthologie de la nouvelle nègre et malgache de langue française），在这本诗集中收录包括海地、安的列斯、马达加斯加和西非在内的一些黑人诗人的作品。诗集"向全世界读者介绍了现代'黑色种族'诗人和代表'黑色种族'特点的诗歌创作，这标志着世界诗坛上一个新的独立分支业已诞生。它是'黑人性'文学 14 年时间的初步总结，是以'黑人性'为口号的政治文化运动走向世界、走向革命实践的重要一步"①。法国作家萨特（Sartre）在为这本新诗选写的序中，称黑人诗歌是"当代最革命的诗歌"，而桑戈尔的诗是其中重要的代表之一。

一、故乡记忆与心之归属

桑戈尔在法国居留 30 多年之久，有人认为他是个"黑色的法国公民"，但他从小受到非洲传统文化的熏陶，深深地植根在西非这片丰饶的文化沃土上，在居留法国期间，时刻思念着家乡。桑戈尔的第一部诗集《阴影之歌》于 1945 年在巴黎出版，既包括作者早期的一些显然不够成熟的习作，也包括很多已能相当清楚地表现诗人创作信念的诗作，这些诗大部分写于 20 世纪 30 年代末和 40 年代初他在法国学习和开始教师生涯的时期，其中不乏表达思乡的诗作。

在桑戈尔的诗中，故乡小镇若阿勒成了思乡的代名词，家乡熟悉而又遥远的风景、风俗以及生活片段频繁出现，不仅抒发了诗人对故乡深深的眷恋，也向读者展示了家乡的人文风情。诗人所设置的空间（故乡）、意象（故乡的风景）和场景（故乡的生活片段），这些视觉化的形象（形象话语）将诗人的身份归属和文化认同倾向表露无遗。

这种形象话语表达最明显的当数其中一首直接以故乡小镇命名的诗《若阿勒》。诗人身处欧洲，一听到故乡的名字，有关故乡的回忆涌上

---

① 俞灏东，杨秀琴，俞任远.《非洲文学作家作品散论》［M］. 银川：宁夏人民出版社，2012：149.

心头，思念一发不可收拾：

若阿勒！
我想起。

我想起在阳台绿荫下玉立的西涅亚尔
西涅亚尔的梦幻双眼如沙滩上的月光一般。

我想起夕阳西斜的壮观
库姆巴·恩多菲纳想割一块做他的王袍。

我想起葬礼的盛宴，牛羊冒着热气倒在血泊中
吵闹声与格里奥特的歌声响成一片。
我想起异教徒吟唱赞美诗的声音
以及行列圣歌，棕榈树和凯旋门。

我想起行将出嫁的少女的舞蹈
角力场上的合唱——哦！挺拔的年轻人弯腰
跳起最后的舞蹈，女人们发出爱情纯洁的呼喊
——科尔·西嘉！

我想起，我想起……

我的脑海中响起

在欧洲的日子里有时伴着疲惫步伐的

爵士乐像一个孤儿在流浪，啜泣，啜泣，啜泣。①

这首诗的第一句"若阿勒!"，有着明确的空间指向，紧随的感叹号有力地表达出诗人想起故乡时灼热的情感。诗人八次重复"我想起"，这些高频的重复表明诗人对故乡的回忆是喷涌而出的，是不可抑制的。诗人毫不掩饰他的情感，所有这些回忆都是他亲身体验过并且万分熟悉的事物，而读者也跟随着"我想起"的指引进入诗人用回忆营造的故乡氛围中。

这些有关故乡的回忆包括婀娜的家乡少女、壮观的日落、葬礼的盛宴、吟唱的赞美诗、棕榈树、待出嫁的少女的舞蹈和角力场上的合唱等。由此可见，让诗人魂牵梦绕的除了若阿勒迷人的自然风光，更多的是那里的传统习俗和仪式，尤其是丧葬和婚礼仪式。这些元素和场景是诗人主观选择的，非常明显，这些习俗和仪式属于诗人故乡传统文化的一部分。它们不仅是诗人个人的记忆，更是非洲文化记忆的有机组成部分。

德国学者扬·阿斯曼（Jan Assmann）认为文化记忆以仪式、文本、纪念物或者其他媒介物为象征，"通过对自身历史的回忆、对起着巩固根基作用的回忆形象的现时化，群体确认自身的身份认同。这不是一种

---

① 本文的译文均由笔者译自法语原诗。

SENGHOR L S. *Œuvre poétique*［M］. Lonrai：Édition du Seuil, 2006：17 – 18.

日常性的东西，从一定意义上讲，它有'超越生活之大'（überle bensgroβ），超越了寻常，成为典礼、非日常社会交往涉及的对象"①。正如刘振怡在《文化记忆与文化认同的微观研究》中指出，文化记忆是一种建立在有记忆力的心灵与回忆对象之间的客观联系之上的转喻，它是文化认同的生成土壤，也为文化身份进行定位，"保证群体文化认同在历史发展中保有其文化身份的完整性、连续性和统一性而不被中断"②。

　　文化记忆被认为是实现文化认同的极佳路径，因为"文化记忆借助仪式或文本的内在一致性，建立群体身份的链接（articulation）结构，从而在时间和空间上为拥有群体身份的社会成员提供一种整体意识和历史意识。而文化认同作为主体对文化的认可和接受，最终表现为一种价值选择，是一种协同的历史理性……没有文化记忆，文化认同的生存就将失去现实的载体和媒介，作为群体成员的个体也就无法体认和接受文化的普遍价值；而没有文化认同，文化记忆就只能是一些零散的、杂乱的素材，它将因失去普遍价值而远离社会群体"③。诗人对故乡传统文化的记忆构建着他对传统文化的认同，或者说诗人对传统文化的认同凝结在这些记忆中。这些记忆是饱含桑戈尔感情的心灵归属地，也是其文化身份的印证。

---

① 扬，阿斯曼．文化记忆：早期高级文化中的文字、回忆和政治身份［M］．金寿福，黄晓晨，译．北京：北京大学出版社，2015：47.
② 刘振怡．文化记忆与文化认同的微观研究［J］．学术交流，2017（10）：26.
③ 刘振怡．文化记忆与文化认同的微观研究［J］．学术交流，2017（10）：26.

　　桑戈尔对自己的民族语言（塞雷尔语）和独具非洲文化特色词汇的使用也体现了他对传统文化的认同。诗人使用标准的法语表达，没有创造新词，但通过一系列具有非洲特色的词汇将我们带进一个充满非洲气息的世界，比如"西涅亚尔"（signare），是专属于非洲的一个词，是指葡萄牙人、法国人、英国人与塞内加尔沃洛夫女人、富拉尼女人通婚的后代。还有"格里奥特"（griot）专指身兼巫师、乐师及诗人的非洲黑人，他们是黑人文化的活档案，正是通过他们的吟诵和演唱，诗人知道了锡内王国往昔的变迁，苏丹帝国旧日的辉煌历史。呼喊声"科尔·西嘉"（Kor Siga）是塞雷尔语，是战斗中英雄呼唤的女伴的名字。专有名词"库姆巴·纳多菲纳"（Koumba N'Dofène）是锡内王国的首位国王，锡内王国是位于今塞内加尔萨鲁姆三角洲北岸的一个古老王国，王国人口中的很大一部分是塞雷尔人。

　　这些词汇将我们带进塞雷尔人的世界，也是桑戈尔的世界。在这里，音乐和舞蹈是日常生活的一部分，也是各种传统仪式中不可或缺的部分。热爱歌舞的非洲人，不但用歌舞表达喜悦心情，而且还经常在葬礼中唱歌起舞。死者埋葬后，人们开怀畅饮，边跳边唱，全场一片欢腾，歌舞通宵达旦，正如诗中提及的"葬礼的盛宴"，就像婚礼前的欢聚，丰收时的庆祝，因为这里的人们认为生死是相通的，死亡并没有什么可怕，死亡不是生命的终结，而是生命的转移和延续，是总归宿。他们相信死者永远存在于生者中间，有超自然的力量。

　　诗的前几节的语调是高扬、欢快的，若阿勒的生活忙碌并充满各种仪式，热闹中透着和谐。而诗的最后一节和前面形成鲜明的对比，"疲愈""孤儿""流浪""啜泣"这些词传达的是一种低沉、悲伤的语调。诗人并没有直接表达自己悲伤的心绪，但读者通过这些词尤其是最后的三个"啜泣"，仍可毫不费力地解读他的心绪。语调突然转变，是因为诗人将回忆拉到现实，故乡生活越是热闹和谐，他在欧洲的生活越显孤独单调。"爵士乐"其实也是指诗人自己：起源于美国新奥尔良的爵士乐，被传到欧洲，正如诗人，出生于若阿勒，远离家乡来到欧洲。通常是在悲伤的时刻，爵士乐被诗人提及，因为他觉得自己和爵士乐同病相怜，都是"流浪的孤儿"，这种音乐能够表达他的痛苦，也能够舒缓他的痛苦。最后的"啜泣"，不仅是爵士乐的啜泣，也是身在异乡诗人的啜泣，诗人由思乡引起的悲伤被淋漓尽致地表达出来，同时还透露出诗人对自己文化身份的再次确认。

桑戈尔在欧洲的痛苦来源于精神上的孤独，这种孤独是由巨大的文化差异造成的，他在那找不到共鸣和归属感。在文化身份建构的过程中，"自我"离不开"他者"，"他者"是非类我，是界定自我的参照系。"每一种文化之所以要进行认同，是因为有'他者'存在，怕被'他者'同化，失去自我。没有了'他者'，也就没有了自我确认的意义。"① "自我"在面对"他者"这种"非我"的标准时，会在两者间进行界定和区分，"自我"从而可以更好地得到确认。文化身份是相对于"他者"的建构，而不是静止的固定不变的历史赋予。欧洲文明，确切地说，法兰西文化，是诗人文化身份建构过程中的"他者"，面对

---

① 魏新春. 论全球化语境中的文化身份与民族文化［D］. 桂林：广西师范大学，2003：9.

这个"他者"，诗人对原民族文化越发认同，对自己的非洲文化身份越发坚定。

不仅仅是若阿勒，桑戈尔童年生活过的迪洛尔，以及童年生活的点点滴滴也会时常出现在他的诗中。诗人不断追忆故乡的童年生活，那时的生活快乐简单、恬静惬意。他对非洲传统文化的认同，对其文化身份的建构很大一部分是以对故乡生活（特别是传统习俗）的回忆为载体和基础的。比如在诗集《埃塞俄比亚之歌》里有一首诗《但正是中午》（*Mais c'est midi*）：

> 若阿勒的圣母颂以及遥远而临近的声音
>
> 在六点通过迪洛尔的平地——事物既无厚度也无重量。
>
> 这是富拉尼天使还是二十岁就死去的歌手的歌声？
>
> 还是皇家乳母的声音？请说出坟墓上蛇的魅力。
>
> 抑或是野鸭的号角？
>
> 人们从野井狩猎归来。①

在这节诗中，声音成了主角。对"遥远而临近的声音"的猜测让这首诗顿时有了趣味，在猜测的过程中，被捕捉的声音都是诗人熟悉的故乡的声音。富拉尼②天使的歌声或是皇家乳母的声音，都是富有非洲

---

① SENGHOR L S. *Œuvre poétique*［M］. *op. cit.*, p. 159.

② 富拉尼人为非洲第四大族，占塞内加尔全国人口的 17.7%，为国内第二大族，多信伊斯兰教，部分信基督教或保持万物有灵信仰、自然崇拜和祖先崇拜。

民族特色的声音。而坟墓上的蛇是诗人祖先的象征，这里的"皇家乳母"很明显是指塞内加尔古代王国时期为王室效劳的奶妈。虽然最后仍不确定到底是什么声音，但可以确定的是，这声音是美好的，令人愉悦的。"天使"一词给歌声蒙上了神圣的色彩，令人向往；"乳母"一词的使用，让这个声音有了轻柔温情的特质；而"野鸭的号角"，烘托出这个声音的活力，充满自然之趣。最后一句由听觉转向视觉，呈现一幅人们劳动归来时的场景：人们从田野劳作归来，抑或狩猎归来，交代了故乡人民主要从事的劳动类型。

无论是听觉场景还是视觉场景，这些都是桑戈尔记忆中童年时期家乡充满乐趣和生机的生活，展现出一个具有浓郁生活气息、欢乐祥和的故乡。同时也可以感觉到诗人对这种生活的怀念，故乡的生活无比美好，平常的事物也蕴含着诗意。

身在欧洲的他已经远离这种生活许久，但这些铭刻在记忆深处的声音和生活场景却时常被唤醒，给欧洲愁闷的生活增添色彩和快乐。更重要的是，这很好地回应了欧洲对非洲人民的误读和扭曲：他们眼中非洲人民野蛮、懒惰、愚昧的形象不是真实的，而是他们戴着有色眼镜建立起来的形象。

《阴影之歌》的第二首诗《金色的门》（Porte Dorée）也将桑戈尔在法国生活时对故土的思念展现出来：

> 我选择我的居所在我记忆重建的城墙边，在城墙边
>
> 我想起树木成荫的若阿勒，流淌着我血液的土地的面容。

　　我在城市和平原之间选择了它

　　在这里城市拥有树林和河流的原始清新。①

　　金色的门位于巴黎东边的大森林文森纳公园和绿色长廊附近，周围自然环境优美，桑戈尔将在法国的住所选在这附近，因为这里相对市中心而言，远离喧嚣，更贴近自然，能让他想起"树木成荫的若阿勒"，想起自己深深爱着的土地散发出来的"原始清新"。诗人用"我血液的土地的面容"来形容故乡，比直接使用"故乡"一词更有力量："血液"体现的是一种喷薄的力量，"土地"体现的是一种坚实的力量，"面容"体现的是一种富有情感的人性的力量，这三种力量融合在一起，诗人对故乡的认同、依赖以及眷恋表露无遗。

　　在法语原文中，诗人运用了很多带有小舌颤音的词，比如"demeure"（居所）、"rempart"（城墙）、"mémoire"（记忆）、"terre"（土地）、"fraîcheur"（清新）、"rivières"（河流）等，当人们读出这些诗句时，绵连的颤音交织在一起，舌头的不断颤动突出了激动的情绪，更能体会到诗人强烈的无法自抑的思乡之情。

　　除了回忆故乡的生活场景和传统仪式，有时候，故乡直接化作承载诗人深厚情感的女人形象。在《锡内之夜》（*Nuit de Sine*）里，诗人将故乡的温存类比为一位女性的温柔，而自己化身为被抱在这位女性怀里的孩子，尽情享受着这份幸福的温存：

---

　　① SENGHOR L S. *Œuvre poétique* ［M］. *op. cit.*, p. 12.

23

> 女人，将你芳香的手，比毛皮更柔软的手
>
> 放在我的额头上。
>
> 在那里，摇摆的棕榈树在夜晚高高的微风中
>
> 正沙沙作响。不是乳母吟唱的歌曲。
>
> 有节奏的寂静，摇晃着我们。
>
> 听它的歌，听我们深色的血在冲击，
>
> 听在偏远村庄的雾霭里非洲的深层脉搏在跳动。①

　　桑戈尔经常在诗中回忆起故乡的黄昏时刻，因为这是让人感到宁静和放松的时刻。在这首诗中，确切地说，是比黄昏稍晚的时刻，是夜幕已经降临的时刻，女人的手触摸诗人的额头，就仿佛在把握诗人的记忆，而这种连接记忆的方式颇有非洲巫毒色彩。诗人感知着女性的温柔，将这种温柔和夜晚的宁静联系起来，将读者带入一个安宁祥和的氛围中。女性芳香柔软的手放在额头上的感觉正是诗人在家乡的夜晚感受到的那种舒服放松的感觉。诗人把夜晚棕榈的沙沙声和血液的流动声相联系，更体现棕榈沙沙声的隐秘，就仿佛是诗人和同胞体内的鲜血在冲击，也如同整个非洲深层的脉搏在跳动。这种棕榈沙沙声的宁静也因此成了诗人心中民族性的一部分。

　　桑戈尔描绘的锡内之夜，展现了锡内王国美好的一面。锡内王国是

---

①　SENGHOR L S. *Œuvre poétique* ［M］. *op. cit.*, p. 16.

诗人童年的王国，他曾经说过："这是一个纯真和幸福的王国，在这里，生死、虚实、现在、过去和未来都没有界限。"他通过回忆或想象自己的童年王国，意图抓住纯真和喜悦，好让这些宝贵又美好的东西慰藉自己孤独苦闷的心灵。在诗的最后，诗人甚至听见祖先的声音，在其想象的世界中和祖先对话，"我呼吸着死者的气味，我收集并重复他们生动的声音"①，诗人已经进入一种迷醉的状态，深深沉浸在用想象建构出的纯真快乐的世界中。故乡在他的诗中不仅是熟悉的热土，更是身处欧洲的诗人寻求慰藉的避难所。

人称的变化也体现了诗人对自己非洲文化身份的认同，"我"变成"我们"，由个人变成集体，是一种族群性的认同，是民族凝聚力的体现。"血液"、"脉搏"和"祖先"这些极具象征意义的词，表明了诗人牢记根之所在；"冲击"和"跳动"这两个具有动感的词无疑让人联想到豪放热情的非洲人和活力无限的非洲大陆，诗人为自己是非洲人感到骄傲。

由此可见，桑戈尔对故乡生活的回忆不只是出自对故乡的思念，有时，他需要在这些回忆里寻求宁静和自在，让身处异乡的自己能得到放松与平和。在《一整天》（*Tout le long du jour*）中，诗人坦言想要沉浸在锡内王国牧歌般的生活里，从而忘却欧洲：

> 一整天，在狭长的铁轨上

---

① *Ibid.*

> 在沙漠的倦怠中不屈不挠的意志
>
> 穿过干旱的卡约尔和巴奥勒
>
> 那里不安的猴面包树蜷曲着枝丫
>
> 一整天，沿着铁路线
>
> 有小型统一的车站，学校和鸟笼出口处
>
> 有叽叽喳喳的女孩们
>
> 一整天，在尘土飞扬的火车里的
>
> 长椅上猛烈摇摆
>
> 我在锡内牧歌般的生活里寻求遗忘欧洲。①

　　这首诗是桑戈尔想象抑或回忆一整天待在行驶于非洲大地上的火车里的场景。诗人用数个具有典型性的词定位火车行驶的地点："卡约尔""巴奥勒""猴面包树"。卡约尔和巴奥勒是两个由沃洛夫人建立的王国，沃洛夫人8世纪前后居住在塞内加尔河流域。14世纪末在塞内加尔河与佛得角半岛之间建立了卓洛夫王国，该王国由卡约尔、巴奥勒、瓦洛、萨卢姆等六个酋长国组成。猴面包树是茂盛生长在非洲大陆的植物，是非洲最具代表性的植物之一。在一路飞驰的火车上，望着窗外这片土地，诗人联想到自己的祖先曾经建立的王国和其光辉的历史，还看见猴面包树、途径的每个火车站、在学校门口七嘴八舌大声聊天的女孩们，这些都是诗人再熟悉不过的生活场景。

---

① SENGHOR L S. *Œuvre poétique* ［M］. *op. cit.*, p. 15.

诗中最后的"尘土飞扬""猛烈摇摆"这两个词透露出在火车上的身体体验是不舒服的，这里的自然环境没有欧洲的得天独厚，铁路在干旱的沙漠里延伸，这里铁路的条件和设备也不及欧洲，狭长且颠簸，可是，在诗人的心中，这里的生活却是田园般的美好，是身处异乡的游子时刻挂念的生活。诗人用三个"一整天"来强调待在火车上的时间之久，待在颠簸万分的火车上如此之久，诗人没有觉得是一种折磨，反而是一种享受，在这旅途中，诗人沉浸在故乡自在闲适的生活里，忘却了欧洲，尤其忘却了在欧洲苦闷的生活。

桑戈尔对故乡的归属感还体现在经历异乡生活之后，想要回到祖国，回到非洲大地的强烈愿望。对故乡的回忆虽然可以暂时抚慰诗人孤独悲伤的灵魂，但最根本的解决方法还是回归，回到那个让他有认同感和归属感的地方。而对身在欧洲的诗人来说，祖国是回不去的远方，这令他不禁发出感叹何时才是归期，正如这首《你守卫已久》（*Tu as gardé longtemps*）：

> 在你手中很久了，很久了你所保护的战士黝黑的脸
> 仿佛已经被命运的暮色照亮。
> 在小丘上，我看见太阳躲进你眼睛的港湾。
> 何时我会再见到祖国，你脸上纯粹的天际？
> 何时我能重新坐到你阴郁乳房的桌上？
>
> 在幽暗的光中有蜜语的巢。

我看过别的天空别的眼睛

我喝过其他源头的水比柠檬更清新

我睡过其他温暖的居所以躲避风雨。

但每年，当春日的甜酒点燃记忆

我怀念故土还有你眼中滑落于干渴草原的雨。①

诗中祖国化为诗人心爱的女人，在他的脑海中挥之不去。他将祖国的山川、河水、草原比作心爱女人的胸膛、嘴巴和脸，祖国和女人融为一体，离开其中任何一个都会让他心碎。诗人思念祖国并渴望回到祖国的情绪渐浓，喷涌而出的情感让诗人不由自主地发出内心的呼唤，连用两个问句足见诗人的渴望是如此强烈。接下来的诗句为这种强烈渴望提供了有力解释：虽远离祖国，但心和祖国紧紧连在一起。即使看过别的天空，喝过其他源头的水，睡过其他的居所，祖国依旧无法从他的记忆中抹除。这些其他的事物其实是指代诗人见识过的欧洲美景和文明，他或多或少从中感受到了美感和力量，然而非洲的美景和文明更加绚丽迷人，更让他魂牵梦绕，就像他心爱的女人，在他的生命中留下了不可磨灭的印记。回到祖国也就是"回归根源"，这种强烈渴望的表达散发着诗人对祖国浓浓的爱和深深的认同。

因此当桑戈尔重回祖国怀抱时，喜悦和幸福满溢，他在诗中直抒胸臆，诗集《阴影之歌》的最后一首诗《浪子归来》（*Le Retour de l'enfant*

---

① SENGHOR L S. *Œuvre poétique* ［M］. *op. cit.*, p. 178.

prodigue）就是这样一首诗：

　　　　啊！在我童年凉爽的床上再次入睡

　　　　啊！沉睡时旁边有亲切黑色的手

　　　　也有母亲纯洁的微笑。

　　　　明天，我又要踏上去欧洲的路，去大使馆的路

　　　　带着对黑色祖国的眷恋。①

　　诗人用最直接最简单的抒情方式来表达回国后激动的心情，两个
"啊！"是诗人欢乐的高声叫喊，想要让得偿所愿的欣喜之情传播开来。
对"在我童年凉爽的床上再次入睡"，以及和母亲重逢这些事实的反复
强调，彰显了诗人回到故乡后异常满足。难以忘怀的童年熟悉的一切又
成为可以触摸的现实，这种快乐就像孩童得到日思夜想的玩具时体会到
的纯粹的快乐。"凉爽""亲切""纯洁""微笑"这些给人舒适愉悦感
官的词，勾勒出一幅故乡夜晚温馨宁静的画面，归来的游子在儿时睡过
的床上，在慈祥母亲的身边倍感安心放松，可以安稳地入眠。这和之前
诗人在欧洲无数难以入眠的日子形成鲜明对比，凸显出诗人在故乡稳稳
的安全感，这种安全感从本质上说，是一种归属感，而归属感激发了诗
人重回故土的满满幸福感。在诗的最后，当诗人不得不再次离开祖国前
往欧洲时，对祖国的无比眷恋自然流露。诗中两次出现非洲的象征

---

　　① SENGHOR L S. *Œuvre poétique* ［M］. *op. cit.*, p. 54.

色——"黑色"，用来修饰母亲的手以及祖国，在准确描述事物特征的同时，再次强调了诗人对家乡和祖国的归属感。

　　回到祖国感受到的幸福有多强烈，离开祖国体会到的痛苦就有多深刻。除了"回归"，"离开"也是桑戈尔诗中一个常见的主题。在这些以"离开"为主题的诗中，诗人将离开祖国的痛苦表露无遗，正如《这是离开之时》（*C'est le temps de partir*）

　　　　　这是离开之时，我再不能将我榕树的根

　　　　　深埋于这片丰盈柔软的土地。

　　　　　我听到白蚁的刺痛声掏空我健壮的双腿。

　　　　　这是离开之时，面对车站的痛苦，

　　　　　弯曲的风掠过敞开着的外省车站人行道

　　　　　离开的焦虑是手中没有温暖的手。

　　　　　我渴望我渴望空间和新露，

　　　　　还渴望在阳光下用有着新面孔的瓷饮水

　　　　　不要把我丢在旅馆房间里

　　　　　也不要丢在回响于大城市的寂寞里。①

　　桑戈尔在欧洲居留期间，有过几次短暂的回国，每次离开祖国时，内心的痛苦更甚于心中的不舍与眷恋。第一个"这是离开之时"之后，

---

① SENGHOR L S. *Œuvre poétique*［M］. *op. cit.*, p. 40.

诗人用一个形象的比喻来表达这种深切的痛：诗人犹如多根的榕树，深深扎根于祖国这片丰盈柔软的热土。想要拔起一棵深深植根于土地的榕树是极其困难的。后一句诗点明了这种离开的痛楚就像白蚁腐蚀掏空榕树的根那般刺痛。这比喻让离别的痛苦具象化，更能被读者感同身受，因为"掏空双腿"这种肉体的痛苦每个人都能想象到，用它来类比离别时精神上的痛苦，能更好地传达抽象的感受，比直接表达"我如此痛苦"更加有力可信。

第二个"这是离开之时"之后展现的是出发必经的一个空间——车站。"弯曲的风""外省"两词有着延展性，是遥远而向外的，充满了未知，连接陌生目的地的"车站"也在强调这种未知。诗人在离开时处在绝对的虚空中，孤独而没有依靠，下一句"离开的焦虑是手中没有温暖的手"正好印证了这种无依无靠的感觉，也交代了焦虑的原因。

接下来连续的"渴望"有祷告和祈求的性质，渴望的内容都是诗人认为在祖国才能被满足的。"空间""新露""阳光"等词强调了诗人喜欢的生活环境——被自然环抱、自由惬意，这正是在祖国的生活。而诗人离开之后要面对的却是"旅馆房间""大城市""寂寞"，这些词代表的环境恰恰与诗人渴望的相反——冰冷压抑、寂寞难耐，这便是诗人回到欧洲要过的生活。"不要"是诗人最后无力的请求，这种请求彰显出他的无奈和无助。诗中并没有出现"厌倦""排斥"这类字眼，但诗人对欧洲生活的厌倦和排斥却不言而喻。归根结底，是对祖国的认同让他产生如此强烈的反应，去往欧洲就是去往别处，那是没有根基、没有依靠、没有温暖的别处。即使别处有再美的风景，那也不是属于自己的，自己依旧是局外人一般的存在，祖国才是魂牵梦绕的精神家园。

在《法兰西花园》（*Jardin de France*）一诗中，诗人再次强调了这种在外漂泊的痛苦：

> 寂静的花园，
>
> 庄重的花园，
>
> 黄昏时分垂下眼睛，
>
> 期待着夜晚。
>
> 劳苦，喧嚣，
>
> 都市一切扰人的哄闹、
>
> 溜过平滑的屋脊萦回于耳边，
>
> 直达忧伤的窗畔，
>
> 消失在纤小、娇嫩、沉思的树叶之间。
>
> ……
>
> 但达姆达姆鼓声
>
> 穿越
>
> 群山
>
> 和
>
> 大陆，
>
> 谁能安抚我的心，
>
> 在达姆达姆鼓的召唤下

跳跃，

搏动，

刺痛？①

　　这里的法兰西花园是法国都市社会的写照，都市生活是喧闹忙碌的，只有夜幕降临时，人们才能享有安宁。桑戈尔对这样的都市生活感到厌倦，无法融入其中的痛苦只能通过来自家乡的声音——达姆达姆鼓声来缓解，并从中得到安抚和慰藉。此处的达姆达姆鼓声是诗人记忆中无法抹去的存在，代表着非洲的精神和故乡的召唤，无论去到多远，它都伴随着身在异乡的诗人，给予他力量，克服孤独和无助，是无法代替的精神支柱。

　　桑戈尔在塞内加尔独立后，终于结束了旅居的生活，真正回到了阔别已久的祖国，他的心中充满了宁静。在诗集《热带雨季的信札》里有一首诗名为《你的信》（*Ta lettre*），在这首诗中，诗人向我们展现了回到祖国后在故乡土地上惬意自如的生活和其悠然自得的心情：

　　　　我走在若阿勒——波庞吉纳的海滩，

　　　　我的脚掌在沙子上面：这是对祖国土地的亲吻。

　　　　多么快乐，在这滚动着的丝滑淡黄的沙子上散步

　　　　多么愉悦，肌肉在乐土的沙滩上自由玩耍

---

① SENGHOR L S. *Œuvre poétique* ［M］. *op. cit.*, p. 229.

> 多么快乐，在温水和最初的母胎里游泳

> 游泳多么快乐，把嘴张向咸咸的海水。①

桑戈尔回到所热爱的祖国大地，无限欣喜，哪怕只是家乡若阿勒的海滩都能给予他极大的乐趣。走在沙滩上，脚掌与沙滩的亲密接触就像"对祖国土地的亲吻"，饱含对祖国的爱意。接下来的"多么快乐"和一个"多么愉悦"最为直接地表达了诗人的欣喜，更是将他巨大的快乐传播开来。整节诗的情绪饱满，语调激动高昂，呈现了诗人在祖国怀抱中陶醉的状态。祖国沙滩的沙是"丝滑"的，在祖国沙滩上玩耍是"自由"的，在祖国海里游泳如同婴儿"在母胎里游泳"，这些活动都十分平常，但因为是在祖国，在他日思夜想的祖国，一切都变得那么有意义，变得那么美好。

二、对非洲的赞颂与吟咏

桑戈尔在法国长期居留，一直受法国的教育，深受法国文化的影响，和法国保持着一种亲密的关系，"在同西方文明的接触中，感受到了巴黎的风光之美，也透过沉沉的迷雾窥见了文明的光辉，并从这种文明中汲取营养。同时，他也深深地认识到了法国殖民政权否定非洲文化，进而否定非洲各国人民自尊的行径。对法国文化同化政策的反感激起了他抵制同化政策，维护非洲和自己祖国文化的责任感，他深刻地意

---

① SENGHOR L S. *Œuvre poétique* [M]. *op. cit.*, p. 251–252.

识到自己的身份并以此自豪"①。因此，在他的诗歌中，他不仅毫不掩饰地表达自己对故乡及祖国的眷恋和爱，也以一位非洲人的身份，毫不吝惜地赞美非洲其他国家和整个非洲大陆，包括非洲的历史、传统文化和人民，体现了他对自己非洲文化身份有着满满的自豪感。

在1956年发表的第三部诗集《埃塞俄比亚之歌》中，他的视野变得更加开阔，"他以整个黑色种族诗人的身份出现，歌唱埃塞俄比亚，歌唱刚果河，歌唱纽约的哈莱姆，歌唱本民族的祖先，歌唱祖鲁族的英雄沙卡，为黑人统一的理想而歌唱"②。整部诗集都在歌颂着非洲大陆光辉的历史，更加贴近古老的非洲文明和独特的非洲文化。

在诗集的第二首诗《刚果河》（*Congo*）中，桑戈尔以饱满的热情歌颂了非洲第二长河——刚果河：

啊！刚果河啊！为了给你的名字赋予节奏以流水以川河以全部的记忆

我颤动着科拉琴的歌喉！书吏的油墨失去了记忆。

啊！刚果河躺在你森林的床上，女王在被驯服的非洲大陆上

那里山的阴茎让你的旗帜高飞

---

① 俞灏东，杨秀琴，俞任远.《非洲文学作家作品散论》［M］. 银川：宁夏人民出版社，2012：150.

② 俞灏东. 被"同化"还是保持了"黑人性"？——试论桑戈尔其人及其诗歌创作［J］. 宁夏大学学报（社会科学版），1990（04）：84.

因为你是女人我的头我的舌头的女人，你是女人我的腹部的
女人

是所有水事的母亲、河马鳄鱼的母亲

海牛鼍蜥鱼类的母亲，滋养丰收洪水的母亲。

伟大的女人！水向独木舟的桨和船首开放

我的女神我的情人有狂热的大腿，有平静睡莲般的长胳膊

乌祖谷的珍贵女人，身体涂着防腐的油膏肌肤犹如闪着钻石般
光泽的夜晚。

……①

整首诗充满了桑戈尔对刚果河的溢美之词，刚果河位于非洲中西
部，全长约 4640 千米，流域面积约 370 万平方千米，流经刚果（布）、
刚果（金）、安哥拉、赞比亚、中非、喀麦隆等国。刚果河流域拥有仅
次于南美亚马孙雨林的世界第二大热带雨林，被刚果河滋养的沃土，自
然资源丰富，森林覆盖率高，几乎占非洲热带森林面积的一半，建有堪
称世界自然遗产的森林公园以及自然保护区，植物形态各异，野生动物
种类繁多，是生物资源的宝库。

一开始，诗人开门见山地道出要讴歌的对象，为什么要赞美刚果河
呢，诗人娓娓道来。"流水""川河"强调了刚果河水力资源可观。科
拉琴是非洲一种传统乐器，声响温和清澈。在古代非洲，科拉琴是宫廷

---

① SENGHOR L S. *Œuvre poétique* ［M］. *op. cit.*, p. 105 - 106.

乐器，演奏者也是歌手，歌手除了在皇家表演，也作为文化和思想的传播者在各村庄走唱。"颤动着科拉琴的歌喉"意味着灵动秀美的刚果河从古至今就被人们传唱，但它的美是如此惊人，难以用语言来表达，无法被记载历史的书吏全部记录下来。

对于诗人来说，刚果河犹如一位"女王"躺在"森林的床上"，形象地体现了刚果河流域拥有惊人的森林资源。"所有水事的母亲""河马鳄鱼的母亲""海牛鬣蜥鱼类的母亲""滋养丰收洪水的母亲"再次表明了刚果河的重要性：刚果河是世界上最深的河流，是非洲的脉搏，是许多神秘、凶猛的动物的家，滋养的生命数不胜数。除了称其为"母亲"，桑戈尔更是将它誉为"伟大的女人""珍贵的女人"，还是他的"女神""情人"。桑戈尔将至高无上的赞誉和敬仰献给了刚果河，从本质上说，他的赞誉和敬仰是献给非洲的，他站在非洲人的角度去看待刚果河的美，为非洲能拥有无与伦比的美感到自豪。

诗集第三首诗《卡亚—马冈》（*Le Kaya – Magan*）再次证明桑戈尔是一位非常重视非洲历史传统的诗人，在诗中，诗人与非洲古代史上的"黄金之王"卡亚—马冈融为一体，既有历史色彩也有神秘气息：

> 我说我是卡亚—马冈！我是月亮之王，联合日夜
> 我是南北的君主，日出和日落的君主
> 平原向无数发情期开放，模具熔化宝贵的金属
> ……

> 我的帝国是被恺撒放逐者的，是被理性或本能放逐者的
>
> 我的帝国是爱的帝国，女人，我因你而有弱点
>
> 有清澈眼睛，苹果肉桂般的嘴唇与燃烧灌木般性欲的外国女人
>
> 因为我是门的两个战士，是二元空间节奏，是第三时间
>
> 因为我是达姆达姆鼓的律动，是未来非洲的力量。
>
> 睡吧，我身边的小鹿，在新月之下。①

加纳帝国是非洲古代黑人王国，公元 3 世纪前后在塞内加尔河至尼日河上游之间建立，中心约在尼日河中上游地区。8 世纪末，一个名叫卡亚—马冈·西塞（Kaya – Magan Cissé）的索宁凯人夺取了国家权力，从此开始了西塞王朝的统治。9—11 世纪是加纳帝国繁荣强盛的时代，其领土北起撒哈拉沙漠南缘，南到尼日尔河和塞内加尔河上游的黄金产地，西与塞内加尔河中下游地区的台克鲁尔、锡拉两王国接壤，向东伸展到廷巴克图附近。1076 年，穆拉比特王国攻陷加纳的首都昆比，逼迫当地人民改信伊斯兰教。此后加纳帝国开始衰微，最后被马里帝国吞并。

黄金是帝国财富的基础，因此卡亚—马冈被誉为"黄金之王"。国王被视为具有神性的人，他是作为一个族长来统治国家的。他是索宁凯人诸部落的大酋长，又是军事首领，还是宗教首领，支配着王城附近的圣林（王陵）的祭司们，他被认为是索宁凯人诸部落保护神的子孙。

---

① SENGHOR L S. *Œuvre poétique* ［M］. *op. cit.*, p. 108 – 109.

桑戈尔在诗中重现了这位国王的形象：他拥有至高的权力和力量，是可以联合白昼与黑夜的"月亮之王"，是"南北的君主"和"日出和日落的君主"。一连三个气势恢宏的称号瞬时就为卡亚—马冈树立了一个伟大崇高甚至被神化的形象，就算不了解非洲这段历史、从未听过这个人物的读者也惊叹这神一般的存在。其中"南北的君主"这个形象来源于古埃及法老，在古埃及的文化中，真正的法老会戴上统治南北的双皇冠，这说明诗人在创作过程中也汲取了非洲其他国家传统文化的养分。

之后诗人将他所拥有的帝国描述为"爱的帝国"，并且强调自己是这个帝国忠诚的保护者。这里的"女人"代表了他要守卫的土地和要守护的人民。"达姆达姆鼓"作为非洲最具代表性的民间乐器之一，它的律动象征着非洲的活力。"是未来非洲的力量"直接表达了非洲是充满希望的，是可以被希冀的。诗人将历史与未来联结，非洲曾经有着绚烂的历史，并能迎接更加美好的明天，这是诗人坚定的信念。诗的最后呈现出一幅幸福温馨的画面：新月之下，依偎在他身旁的小鹿安然入睡，寓意着非洲人民在祖先的庇佑下能够获得幸福。

在《埃塞俄比亚之歌》中还有桑戈尔献给 19 世纪上半叶南非祖鲁族①著名领袖沙卡的英雄赞歌《沙卡》（*Chaka*）：

内心的脆弱是圣洁的……

---

① 祖鲁族是非洲的一个民族，约 1100 万人口，主要居住于南非的夸祖鲁 – 纳托尔省（KwaZulu – Natal）。祖鲁王国是 19 世纪南非的历史中的一个重要角色。在现在的南非，祖鲁是人口最多的种族。

啊！你认为我未曾爱过她

我的黑女人有着棕榈油般的金发羽毛般的身材

有着惊讶的水獭和乞力马扎罗山雪般的双腿

有着成熟稻田和东风下金合欢小丘般的乳房

诺丽维有蟒蛇的胳膊，蛇的嘴唇

诺丽维有星星般的眼睛——不需要月亮也不需达姆达姆鼓

但她的声音和夜晚般狂热的脉搏就在我的脑海中！

……

必须抛弃怀疑

抛弃她嘴中牛乳的狂醉，抛弃扰乱我血之夜的达姆达姆鼓

抛弃我狂热的熔岩，抛弃我黑人性深渊里铀矿的心

抛弃我对诺丽维的爱

为了我对我黑色人民的爱。①

《沙卡》是一首多声部的戏剧长诗，塑造了在领袖职责和爱情之间纠结选择的英雄人物形象，最后沙卡牺牲了自己的爱情，选择了使命和责任，成了为祖鲁民族的统一、为人民福利而牺牲个人幸福的英明领袖。这首诗驳斥了西方殖民主义者把南非祖鲁族的传奇英雄沙卡诬蔑成嗜血成性的暴君的无耻滥调。

这节诗是沙卡在责任和爱情面前，最终下定决心做出取舍的一段

---

① SENGHOR L S. *Œuvre poétique* [M] . *op. cit.* , p. 125 – 126.

话。经历激烈的思想斗争之后，沙卡决定为了他的人民忍痛割爱。"内心的脆弱是圣洁的"，诗人不认为沙卡内心的脆弱是怯懦的，因为责任和爱情都是值得被守护的，选择任何一方都有足够的理由。诺丽维，是沙卡深爱的姑娘，她的美令人窒息。为了具化她的美，诗人运用非洲大地上美好的自然之物来描绘她：棕榈油、乞力马扎罗山的雪、稻田、蟒蛇等。不难想象，诺丽维是一位充满魅力的祖鲁族少女，她有着健康油亮的肌肤、深邃明亮的眼睛、丰满圆润的乳房、紧致光滑的胳膊、性感迷人的嘴唇。诺丽维越美，越能凸显沙卡内心的纠结以及抉择的艰难。但最后出于对黑色人民的爱，沙卡还是克制住个人欲望，舍弃自己的幸福，选择完成祖鲁族领袖的义务和责任。桑戈尔塑造了一个有血有肉，特别真实的领袖形象。他和普通人一样，也有内心的脆弱，也会纠结迟疑。但正因为这样，沙卡为人民牺牲爱情的举动才显得更加伟大。

桑戈尔对非洲的归属感更体现在重新发现非洲文化和文明的价值，对非洲传统文化及文明无限忠诚上。在一首名为《图腾》（*Le Totem*）的诗中，桑戈尔对其非洲文化身份的认同表露无遗：

> 我应该把图腾珍藏在我血管的深处
> 它是我的祖先，皮肤上交织着风雨雷电
> 它是我的护身兽，我应该把它深藏
> 免得洪波般的流言酿成丑闻。
> 它是我的忠诚之血，它要求忠贞不渝
> 它保护着我赤裸裸的自尊

免遭我自己和那些幸运种族的

傲慢的伤害…… ①

　　图腾是指被同一族群的人奉为祖先、保护者或团结的标志的某种动物、植物或无生物。所谓"图腾崇拜"，就是氏族社会在对自然力或自然神崇拜的基础上发展起来的尊崇某一图腾物种的观念，有时也为该图腾物种举行一定的宗教仪式。图腾崇拜是非洲人对自然的崇拜和追求，是最简单最原始的信仰。"图腾崇拜这种宗教观念现在仍是非洲黑人传统文化的一个重要组成部分。非洲黑人各族认为与他们在同地域里相伴相随、关系密切的动植物等是神秘莫测的，或因不可缺少而崇拜，或因畏惧害怕而敬奉，或因渴望获得某种动物的属性而祝祷，并以某一物种为本氏族的渊源，相信该物种与本氏族之间存在着某种血缘关系。"②

　　图腾崇拜文化与非洲的部落文化紧密相连，对非洲社会的各方面产生了深刻的影响，包括文学、雕塑、岩画、音乐、舞蹈，甚至部落的社会制度、等级制度和做事准则等。桑戈尔在诗中用最直白的方式肯定了自己与图腾血脉相连的关系：是他的"祖先"，是他的"护身兽"，要珍藏在血管深处，这种肯定是一种对自己"非洲人"身份的认同，也是对非洲有着深切归属感的表现。

　　图腾文化是非洲面具、木雕、彩绘等艺术形式的基础，其中面具是非洲文化中古老而神秘的代表，桑戈尔的《向面具祈祷》（*Prière aux*

---

① SENGHOR L S. *Œuvre poétique* [M]. *op. cit.*, p. 26.
② 包茂宏. 试析非洲黑人的图腾崇拜 [J]. 西亚非洲, 1993（03）: 67.

masques) 就提及了这种独具魅力的非洲艺术形式:

> 面具! 哦面具!
>
> 黑面具红面具, 你们是黑白面具
>
> 四元素的面具吹拂着圣灵
>
> 我默默地问候你们!
>
> ……
>
> 我们是属于舞蹈的人, 我们的脚
>
> 拍打坚实的土地来重振力量。①

　　面具在非洲有着悠久的历史, 其种类、雕刻样式、造型风格极为丰富, 具有独特的艺术表现力。撒哈拉沙漠以南的西非和中非地区是面具普遍盛行和发展的地区。非洲面具的多样反映了非洲雕刻家高超的艺术水平和大胆的创新精神。面具文化是非洲文化里极为重要的一部分, 与宗教仪式、族群文化、日常生活、娱乐舞蹈等关系密切。非洲面具真正魅力的显现还需配合特定的服装、发饰和动作, 以及令人眩晕的火光、激情的音乐舞蹈。非洲面具的魅力不仅是艺术上的, 更折射着一种古老而神秘的风俗与文化。每一个面具都展示了非洲人民纯朴的精神世界, 传承着各部落不同的部族文化, 可以说面具是非洲各传统社会中最具文化传承的物化符号。"面具及其他所包含的文化意义和面具在各种公共

---

① SENGHOR L S. *Œuvre poétique* [M]. *op. cit.*, p. 25-26.

场合重要活动中的运用，对强化各个部族社会共同文化心理和文化凝聚力起着重要的作用。"①

　　桑戈尔在诗中强调面具的多样和神圣，是对非洲面具文化的赞美，更是对非洲传统风俗文化的认可与自信。"我们是属于舞蹈的人"指出非洲人民的特点，反映了音乐和舞蹈是非洲文化及人民生活不可缺少的组成部分，体现了非洲的文化特征和人民的审美趣味。第一人称"我们"的使用，是诗人对自己身份的界定，生活在非洲坚实土地上的人民充满着生命的力量，作为其中的一员，诗人内心何其骄傲，自然流露出一种民族自豪感。

　　桑戈尔对非洲文化的认可与自信更加体现在面对异质文化时，对非洲文化异常坚定的归属感。1950 年 9 月底至 10 月初，桑戈尔作为联合国议会代表到纽约公干两周，这是他第一次到纽约，根据这次旅行的回忆他写了《在纽约》（À New York）这首诗。在诗中，他以非洲人的角度来发现这座繁华的大都市，第一节便是诗人第一次看见纽约时的感受：

　　　　纽约！第一眼看见你的美，我大吃一惊，

　　　　这些长着修长大腿的金发女郎。

　　　　我是如此胆怯，当我第一眼看见你

　　　　那蓝色金属般的眼睛，你那冰霜般的微笑

---

　　①　刘鸿武. 非洲文化与当代发展［M］. 北京：人民出版社，2014：115.

我是如此胆怯，站在摩天大楼的大街深处，我忐忑不安

抬起夜猫子的眼睛看不见天日。①

　　桑戈尔既惊叹于纽约的都市美，又对这种美感到焦虑。对他而言，这里是一个死气沉沉的世界，是由一片直插云天的摩天大楼堆成的石头荒原，没有任何东西能让他开心，这种负面的感受是由之后一系列否定词来强调的，"没有井也没有牧场的两周"②"没有孩童花般的笑容"③"没有母亲的乳房"④"没有温柔的话语"⑤"没有能在其中读到智慧的书"⑥。纽约繁华富有，却缺少自然的生机和人情的温暖。"抬起夜猫子的眼睛看不见天日"道出了诗人对纽约夜晚生活的极度不适应，这里的夜晚灯火通明、热闹非凡，和非洲宁静祥和的夜晚形成强烈的反差，以致诗人深夜难以入睡，不禁发出感叹："失眠之夜，哦，曼哈顿的夜！"⑦这足见诗人对纽约的惊叹最终也无法变成喜爱。

　　在第二节中，诗人紧接着把曼哈顿和哈莱姆做了极为鲜明的对比。曼哈顿是纽约最璀璨夺目的一部分，但诗人认为它是远离自然、冰冷造作的；而纽约的黑人聚居区哈莱姆虽不及曼哈顿富裕却更具生气和活力，它为纽约这个没有灵魂的城市注入了灵魂。住在哈莱姆的黑人和诗

---

① SENGHOR L S. *Œuvre poétique* ［M］. *op. cit.*, p. 119.
② SENGHOR L S. *Œuvre poétique* ［M］. *op. cit.*, p. 119.
③ SENGHOR L S. *Œuvre poétique* ［M］. *op. cit.*, p. 119.
④ SENGHOR L S. *Œuvre poétique* ［M］. *op. cit.*, p. 119.
⑤ SENGHOR L S. *Œuvre poétique* ［M］. *op. cit.*, p. 120.
⑥ SENGHOR L S. *Œuvre poétique* ［M］. *op. cit.*, p. 120.
⑦ SENGHOR L S. *Œuvre poétique* ［M］. *op. cit.*, p. 120.

人有着相同的根，共享着非洲的传统文化：

> 哈莱姆哈莱姆！这是我看到的哈莱姆哈莱姆！
>
> 绿色的麦风从路面涌出来
>
> 路面被舞者赤裸的脚划出的道道痕迹
>
> ……①

生活在美国的黑人在美国主流文化的影响下依旧保留了非洲文化的成分。舞蹈是非洲最古老、最普遍的艺术表现形式，也是非洲文化的宝贵遗产。非洲人用他们舞蹈的双脚来表达对自由的追求和对生命的热爱，无论在哪，他们都不会丢弃血液里流淌着的音乐与舞蹈。在纽约这个环境中，诗人面对同质文化与异质文化的差异，更倾向于认同自己所处的族群及其文化，"个体对于其与族群关系的认知总是倾向于夸大我群的共同点以及与他群的相异点，这种通过'类型化'使他群'刻板化'的分类方式，正是族群认同的一个典型代表"②。诗人呈现的哈莱姆，完全不同于死气沉沉的曼哈顿，是一片生机盎然的景象，哈莱姆的存在让纽约熠熠生辉，正是非洲文化的别样魅力让这个异国的城市在诗人眼里变得有意义。

在桑戈尔的诗中，不仅是非洲文化，非洲人民也融入了他的民族自

---

① SENGHOR L S. *Œuvre poétique* ［M］. *op. cit.*, p. 120.

② 张艳芳. 多元文化背景下跨文化认同理论的内涵及意义分析［J］. 文学教育（上），2018（02）：181.

豪感。非洲人民善良勇敢，与大自然和谐相处，是非洲大陆上亮丽的风景，《人与野兽》（*L'Homme et la bête*）这首诗正展现了非洲人民充满力量的一面：

　　彗星长长的尖叫划过黑夜，广阔的喧嚣有节奏地伴着正义的声音

　　男人在舞蹈的歌声中击倒说话的野兽。

　　他在大笑中，在跳跃闪光的舞蹈中击倒它

　　在七个元音的彩虹下。你好日出有杀人眼神的狮子

　　你好荆棘的驯服者，姆巴罗迪！虚弱力量的领主。

　　湖水绽放着睡莲，神圣的笑声拂晓。①

　　这节诗描写的是在非洲夜空下男人和野兽正在搏斗的场景。"男人"代表着非洲人民，而"野兽"是"有杀人眼神"的狮子。非洲是个色彩斑斓的动物世界，狮子是非洲草原非常具有代表性的动物，它代表神秘、威猛和勇敢，也代表高贵和权威。和狮子搏斗本身就是非常需要勇气的行为，更何况面对的是一只强大的狮子，它是"荆棘的驯服者""姆巴罗迪"（富拉语②里的"杀手"）、"虚弱力量的领主"。能与

---

① SENGHOR L S. *Œuvre poétique*［M］. *op. cit.*，p. 104 – 105.

② 富拉语是西非语言，主要是从塞内冈比亚、几内亚至喀麦隆、苏丹一带的富拉人使用，属于尼日尔—刚果语系的大西洋—刚果语族分支。

如此有杀伤力的对手搏斗，并且能"在大笑中"将它击倒，这个男人必定比狮子更加威猛强壮。非洲人民在享受大自然的美丽和馈赠之外，也要面对大自然带来的危险，而这只"狮子"正是危险的化身，越是渲染狮子的强大，越衬托了非洲人民无畏的精神和巨大的力量。

男人与狮子搏斗是在歌舞中进行的，这也反映了非洲人民的传统生活。音乐和舞蹈是非洲人民在生产活动和社会生活中创造出来的，出现在传统仪式和娱乐生活中，用来抒发喜悦、悲伤等内心世界的情感，是非洲人民生活中不可缺少的重要组成部分。除了欢庆、娱乐和审美方面的意义外，音乐是非洲各传统社会传播、保存、记载文化信息的符号，是"一种社会活动，一种信息传递、人际沟通、社会交往的方式"①；舞蹈更是"表述、传递、沟通文化信息的活动，是黑人社会独特的社会交往方式，发挥着传递信息的作用"②，是一种独特的传承文化信息的体态语言。

在搏斗中，舞蹈能给予非洲人民信心与力量，男人是在舞蹈中击倒狮子的，足见非洲舞蹈的粗犷有力。虽然之前是搏斗的场面，但诗的最后呈现了快要拂晓时安宁的非洲大陆一景。睡莲被视为圣洁、美丽的化身，"湖水绽放着睡莲"代表非洲大陆在诗人心中是神圣的，而"神圣的笑声拂晓"寓意着这片神圣的土地在经历一段黑暗的时期后终将迎来晨曦，未来充满着希望。

在另一首名为《黑女人》（*Femme noire*）的诗中，桑戈尔将目光转

---

① 刘鸿武. 非洲文化与当代发展［M］. 北京：人民出版社，2014：119.
② 刘鸿武. 非洲文化与当代发展［M］. 北京：人民出版社，2014：117.

向非洲女性，展现出非洲女性全方位的美，树立了非洲女性生动活泼、
兼具力与美的形象：

赤裸的女人，黝黑的女人

你生命的肤色，你美丽的体态是你的衣着！

我在你的庇护下成长，你手掌的温柔拂过我的眼睛

现在，仲夏的正午，我在阳光灼烧的高山上看到了你，我希望
的土地，

你的美恰似雄鹰的锐光击中我的心脏。

赤裸的女人，黝黑的女人

饱满的果子，醉人的黑葡萄酒，激发我抒情的嘴唇

地平线上明丽的草原，东风劲吹下战栗的草原

精美的达姆达姆鼓，在战胜者擂动的达姆达姆鼓

你深沉的女中音是恋人的心曲。

赤裸的女人，黝黑的女人

微风吹不皱的油，涂在竞技者的两肋的安恬的油

在乐园欢奔的羚羊，珍珠像星星一般装饰在你皮肤的黑夜之上

思想的快乐，在你水纹般闪亮的皮肤上的赤金之光

在你头发的庇护下，我的忧愁消散，在你毗邻的太阳般的眼睛
照耀下。

赤裸的女人，黝黑的女人

我歌唱你正在消逝的美，被我融进永恒的体态

在妒忌的命运不曾将它变作肥料滋养生命之树以前。①

桑戈尔毫无保留地表达了自己对非洲女性的赞美和欣赏，每节诗的第一句都深情地呼唤出要歌颂的对象，突出诗人的赞美真诚热烈。修饰"女人"的形容词"赤裸""黝黑"反复出现，强调了非洲女性的特点，也强调了非洲女性的身体美，尤其是肤色美。赤裸身体被西方人认为是丑陋和野蛮的，而非洲人民有赤裸上身的习俗。这是与当地部落文化密切相关的，女性以"赤裸"为美，有些民族比如祖鲁族，只有未婚的少女才有资格赤裸上身，以示纯洁。女人赤裸在非洲是极为自然的，赤裸的女人在诗人眼中是健康美丽的。赞美非洲女性黑色的皮肤流露出诗人以黑色的皮肤为豪，也就是以非洲人的身份为豪。

在第一节诗中，非洲女性具有温柔之美，她以一个保护者的形象出现，或者说是一位母亲的形象，她犹如一棵树，温柔呵护着她的孩子。这种美还具有震撼人心的力量，恰似能击中心脏的"雄鹰的锐光"。在第二、三节中，诗人运用味觉、视觉、听觉、触觉，淋漓尽致地刻画非洲女性的美。"饱满的果子""醉人的黑葡萄酒"，让人想起成熟果子果肉细腻香甜的绝佳口感以及葡萄酒的醇香美味，是一种能激发幸福感的

---

① 汪剑钊，等译. 非洲现代诗选（下）[M]. 石家庄：河北教育出版社，2002：148 –149.

美。"明丽的草原""欢奔的羚羊"勾勒出一幅秀丽、充满活力的开阔景象，洋溢出非洲女性富有生命力的热情之美。"皮肤的黑夜""水纹般闪亮的皮肤"这种直观的视觉感受烘托出非洲女性健康有光泽的黑色肌肤，呼应前面强调的肤色之美。"擂动的达姆达姆鼓"鼓声激昂铿锵，"深沉的女中音"浑厚妩媚，让人痴迷向往。这些厚重、能抚慰心灵的声音体现出非洲女性的力量之美。"东风劲吹下"（法语词"caresses ferventes"直译是"狂热的抚摸"）让人感受到难以阻挡的激情，"微风吹不皱的油"不禁使人联想到光滑的质感，这些触觉都给人一种舒适感，显露出非洲女性的美是令人愉悦的。以上这些感官美具化了非洲女性的美，她的美丰富多样：她有强健的体魄、优美的形体、充沛的热情、温柔与刚强并存的独特魅力。

在《缺席的女人》（*L'Absente*）中，桑戈尔也毫不吝啬地表达自己对非洲女性的赞美，被诗人歌颂的"缺席的女人"正是埃塞俄比亚古老传说中的沙巴女王（la Reine de Saba）。据说沙巴女王统治着非洲西北部，是一个聪明睿智的女人。她主动拜访著名的所罗门王，并以吃盐过多晚上口渴等借口得到了所罗门王的爱情结晶。她带着这个爱情结晶回到她的土地，之后诞下男孩，取名为梅尼莱克（Menelik），从而开始了所罗门王朝，该王朝以1975年海勒·塞拉西（Hailé Sélassié）的去世而结束，因此她被称为所罗门王朝的缔造者。虽然沙巴女王是传说中的神秘人物，但她对于埃塞俄比亚人民来说，是一个标志，是他们的英雄。

在诗中，桑戈尔化作西非的吟游诗人，号召年轻的女孩们歌唱

"缺席的女人"，并不断强调自身的使命和光荣是歌唱这位缺席女人的美：

　　　　有芦苇般长脖子的年轻女孩，请歌唱缺席的女人，

　　　　路途中的女王。

　　　　我的光荣不用写在碑上，我的光荣不用刻在石头上

　　　　我的光荣就是歌唱缺席女人的魅力

　　　　……

　　　　我的光荣就是歌唱缺席女人的美。①

　　诗人在后面的诗节中将缺席女人的美具体化，表达对其的崇拜和爱慕：

　　　　……

　　　　她如风般的手能治愈发烧

　　　　她的眼皮如毛皮和夹竹桃的花瓣

　　　　她的睫毛和眉毛如象形文字般神秘而纯洁

　　　　她的头发如晚上燃烧的灌木丛般沙沙作响

　　　　……②

---

① SENGHOR L S. *Œuvre poétique* ［M］. *op. cit.*, p. 114.
② SENGHOR L S. *Œuvre poétique* ［M］. *op. cit.*, p. 117 – 118.

这位强大而美丽的女人——沙巴女王是非洲女性的杰出代表，非洲女性的美值得被关注，值得被称赞。在桑戈尔的诗中，非洲女性不再是西方作家笔下白人女性的衬托，不再是饱受压迫和歧视的形象，而是广袤的非洲土地上闪闪发光的黑珍珠，是不能被忽视的存在，是"一种具有神秘气息和雕塑感的民族骄傲感和性别魅力的混合体"①。从深层意义上来说，诗中的非洲女性代表了整个非洲大陆，这片大陆有如火山喷发的生命力和摄人心魄的美，是非洲人民赖以生存的家园和精神生活的温馨港湾。

桑戈尔的诗歌创作摆脱个人因素，站在整个非洲的立场，致力于保护和弘扬非洲文化，始终表现和探索非洲的历史、命运和精神世界，努力证明非洲文化价值的特殊性和伟大性，桑戈尔对非洲传统文化的自信与认同可见一斑。

第二节 乌·塔姆西

1931 年，乌·塔姆西出生于刚果共和国西部沿海南端的黑角港（Pointe Noire）附近的小镇里，4 岁时，父母离婚，他被迫与生母分离，被父亲让 - 菲力克斯·契卡雅（Jean - Félix Tchicaya）带到黑角港生活，并在那度过了他的童年。之后父亲再婚，1938 年至 1943 年，父亲因工

---

① 何心爽．迎风的黑色太阳花—桑戈尔诗歌中的女性形象解读［J］．北方文学，2017（30）：72．

作的关系与他分开，他和继母一起生活。虽然继母对他像对待自己的亲生儿子一样，但因为这段经历，他变得很敏感，认为身边没有值得信赖和可以倾吐内心的人。

他15岁时，父亲被选为代表刚果中部参加法国制宪会议的议员，他跟随父亲来到巴黎。在布拉柴维尔中转时，他看到刚果河，让他赞叹不已，就如他自己所言："我第一次见到刚果河，是在我从黑角港到布拉柴维尔的时候。我站在这条河前几小时，它让我感到震惊。它是难以置信的，无法想象的。"这次与刚果河难以忘怀的相遇，深深影响了他之后的诗歌创作，这条河在他眼中或是在他的诗中，成了一种象征，成了整个刚果流动的存在，而他认为的刚果是一个完整的刚果，包括刚果（布）和刚果（金）①。他的真名是吉拉尔德－菲力克斯·契卡雅（Gérald－Félix Tchicaya），乌·塔姆西是他的笔名，是民族语言班图语，意为"为祖国歌唱的小叶子"（la petite feuille qui chante pour son pays），仅仅透过这个富有意义的笔名，就能感知他对祖国的爱。

乌·塔姆西离开生母后，一直思念着母亲，一直想去探望她，而他的父亲也许诺有一天会带他回去。在民族语里，法国（Mputu）和他母亲所在的村庄（Mpita）相似，当他的父亲告诉他们要去法国时，他误

---

① 刚果（布）即刚果共和国；刚果（金）即刚果民主共和国、民主刚果，也曾称"扎伊尔"。两个国家的法语名称均为"CONGO"，因此加级各自首都简称来区别两国国名—"布"即布拉柴维尔，"金"即"金沙萨"。1884—1885年，瓜分非洲的柏林会议把刚果河以西地区划为法属殖民地，即现在的刚果（布），刚果河以东地区划为比属殖民地，即今天的刚果（金）。1960年8月15日，刚果（布）获得完全独立，定国名为刚果共和国。刚果（金）则独立于1960年6月30日。

以为是要去看望他的母亲。当他意识到目的地是法国，无法再回到母亲
的村庄时，他感到非常痛苦。因此，他与法国的第一次接触是失望和不
知所措的。

即使他跟随他的亲人来到法国，他对法国的生活，尤其是学校生活
也感到不适，有时甚至陷入孤独。在一次采访中，当谈及这段生活经历
时，他说道："那是个错误，因为另一个地狱的季节开始了。称之为地
狱的季节，是因为在那我感到极为不适。我的学业也是地狱，充斥着疑
惑的地狱……"乌·塔姆西有一条腿残疾，在学校不能和其他同学一样
参加体育活动，课间当他看着其他人喧闹奔跑时，他只能待在自己的角
落里，感觉被所有人排斥。

1951 年，他离开学校并且搬离父亲的家，开始独立生活。他从事
过多种职业，在巴黎当过旅馆侍者，在外省农场里工作过，还做过广播
节目的制作人等。

1959 年至 1960 年，作为《刚果日报》的记者和主编，他是刚果共
和国独立后一些重大事件的见证者和参与者。之后他成为民族解放运动
领袖帕特里斯·卢蒙巴[①]（Patrice Lumumba）的拥护者。1961 年，卢蒙
巴遇害身亡，他对此感到十分惊愕和极度愤怒。

这些经历都在乌·塔姆西的诗里留下了印记。他在诗歌世界中寻找
自己的身份，通过自己的祖国、非洲人民以及非洲文化重新认识自己；
同时为非洲的苦难发声，揭露非洲人民的痛苦；提出在文化交流中文化

---

① 帕特里斯·卢蒙巴是非洲政治家，刚果民主共和国的缔造者之一，刚果民主共和国
　首任总理（1960 年）。

间应是平等的，非洲要在不同文化碰撞的过程中，重新定位，建构自己特有的身份。在诗歌创作中，他对非洲传统文化的认同主要体现在以下方面：失根的痛苦、对祖国的思念和对非洲的归属感。

一、异乡之痛与思乡之切

乌·塔姆西的第一部诗集《坏血统》的名字其实是由民族语言"meng'm－bi"翻译而来，意思是"不被喜欢的人"，整部诗集可以看作是对痛苦童年的回忆，呼喊着他的孤独，描述着他的悲伤。与桑戈尔相反，在乌·塔姆西看来，童年并不是可以寻求安慰和庇护的天堂，而是一种缺失。他认为自己被母亲抛弃，这种抛弃是一种亲情的背叛。他无法融入法国的生活，在异乡的不适与孤独让他倍感痛苦，痛苦中滋生出丝丝怨恨，而这种怨恨实质上是一种思念。思之切，则怨之深、情之悲。在《从前》（*Jadis*）这首诗中，诗人直接抒发了自己的寂寞和痛苦：

此时应该有雨

我的寂寞证明

我已背叛我的朋友。

被陌生的、贪婪的母亲生育

我的错误让遗忘蔓延

痛苦交换出我。①

　　在短短的两节诗中，具有负面意义的词密集出现："寂寞""背叛""贪婪""错误""遗忘""痛苦"扑面而来，营造出一种压抑低沉的氛围，表露出诗人痛苦的心境。诗人毫不掩饰地表达出自己的"寂寞"，并希望此时能有"雨"来烘托他的悲凉，然而事实并不如他愿，反而增添了他的愁绪。诗人指出寂寞的原因是他对朋友的背叛，这种背叛是指他抛下故乡的朋友来到法国。实际上，他认为他背叛的不只是他的朋友，还有他的祖国。

　　而这背叛是由另一背叛造成的，他从小被母亲抛弃，被迫跟随父亲离开祖国。因此，母亲的形象是负面的，对他而言，母亲是"陌生的"，甚至是"贪婪的"，陌生是因为他与母亲长期疏离，贪婪是因为他认为母亲接受了父亲的好处而放弃他的抚养权。正因为母亲的抛弃，他来到法国，此时此刻，他觉得这是个"错误"。"错误让遗忘蔓延"，遗忘是双向的，故乡的朋友会遗忘他，亲人们包括母亲也会遗忘他，而远离故乡的诗人，也不可避免或多或少地会遗忘故乡的点滴。面对遗忘，他痛苦不已，他将自己和痛苦等同，"痛苦交换出我"的表达比直接抒发痛苦更具情感冲击力。

　　在《坏血统》中，"雨"是乌·塔姆西频繁使用的一个词，在他的诗中，雨不仅作为一种自然现象存在，更是寄托了他的情感。诗人将

---

① U TAM'SI T. *Le Mauvais sang suivi de Feu de brousse et À triche - cœur* ［M］. Paris：L'Harmattan，2017：29.

"雨"这种自然现象和个人的感知与体验结合在一起，借助它来表达对自己所在城市生活的无所适从以及面对这个城市的局促：

> 下雨了我的上帝下雨了整个城市太脏了
> 旋转木马骑到我高贵的头上
> 我感觉一百岁了为我没犯过的
> 罪争辩我早读过刑法

> 甚至天空在我星辰的阴影前也是脆弱的
> 为了我的韵脚重新拿起眼泪的调色板
> 对于一切我都是新手天空变得沮丧
> 下雨了我的上帝下雨了整个城市都是苍白的①

在这首诗里，诗句中没有任何标点，词语紧接着词语，节奏急促，给人以慌张的感觉。口语化的用词以及缺乏连贯性的内容更增加了这种慌张感，从"我感觉一百岁了为我没犯过的／罪争辩我早读过刑法""为了我的韵脚重新拿起眼泪的调色板／对于一切我都是新手天空变得沮丧"等诗句中可看出，诗句间没有很强的逻辑性，像是拼接的，好像诗人想到什么就写什么，是慌张之下的语无伦次。具有否定色彩的词汇（"脏""罪""脆弱""眼泪""沮丧""苍白"等）充斥其中，给

---

① U TAM'SI T. *Le Mauvais sang suivi de Feu de brousse et À triche – cœur*［M］. Paris：L'Harmattan，2017：30.

诗歌定下灰暗压抑的基调。

　　在下雨这个阴郁的时刻，诗人注意到他生活的这个城市在雨中显得肮脏和苍白，负面的评价，一来说明诗人对这个城市没有好感，二来显现诗人的心境亦是阴沉惨淡的。诗的最后一句也点明了这种心境，"我感到寒冷我的上帝外面如此冰凉如此冰凉"①，"冰凉"何止是身体的感觉，更是内心的寒凉，而这种寒凉来自一个远离祖国在异乡感觉不到温暖的游子。这里是不属于自己的城市，而祖国在此刻是回不去的远方，在这种处境下，岂能不寒凉？

　　诗集的第三首诗《雨言说》（*La Pluie avait parlé*）直接以"雨"作为主角，雨以不同的形式出现，传达着诗人的思念与期盼：

　　　　雨言说就像

　　　　一本祈祷书

　　　　贫苦的泥污

　　　　被串成珍珠

　　　　雨跳舞就像

　　　　精美的玻璃熊

　　　　我在潮湿的蓝屋顶

　　　　喝下他的苦酒

---

① U TAM'SI T. *Le Mauvais sang suivi de Feu de brousse et À triche – cœur*［M］. Paris：L'Harmattan，2017：30.

幽灵雨

消失得美好

只留人们徒劳的回答

美雨，柔雨

我明天会等它

如果我死于——无聊 ①

  在这首诗中，"雨"并不是凄清忧伤的，而是美丽温柔的。诗人将雨拟人化，能言语，能跳舞。在第一节中，雨好似拥有神奇的力量，将"贫苦的污泥"串成"珍珠"，将苦难变成了欢乐甚至崇高，从而也制造了一种对比——苦难和幸福，这种转变显示出话语的力量，雨也因为这种力量能够让世界变得更有生气。在第二节中，雨以另一种形式出现，舞蹈着的雨被比喻成"精美的玻璃熊"。熊与人类相似，能直立行走，在马戏团或动物园中，熊是深受人们喜爱的动物，它的形象给予人愉悦的观感。"玻璃"在晶莹剔透的质感上和"雨"相似，"精美"则更强调了视觉上的享受，仅仅透过这一个短语，便能感受到雨的动感和美感。舞蹈着的雨通过"酒"和"我"交流，在非洲的文化里，酒本是快乐的象征，"我"却在酒中品出了苦怅，诗人的感受与传达的美好

---

① U TAM'SI T. *Le Mauvais sang suivi de Feu de brousse et À triche – cœur* ［M］. Paris：L'Harmattan，2017：13.

相反，反衬出诗人内心的愁苦。在第三节中，雨又以新的形式出现，雨如"幽灵"般悄无声息地消失，美好却易逝。第四节对雨的等待和祈求显示出诗人对自由和活力的渴望，雨在此变成"死"和"无聊"的对立面，它充满活力，赋予世界新的生机。

诗中"雨"呈现的三种形式和非洲传统文化紧密相关。在非洲传统社会里，话语和舞蹈是一体的，非洲的历史、文化和传统大多是通过口头传唱结合舞蹈传承下来的。非洲的面具造型大胆夸张，甚至是恐怖的，幽灵让人联想起非洲的面具。诗人用非洲传统的艺术形式来表达"雨"，它变得不再容易被感知，被理解，但不管怎样，它是美好的，是令人神往的。诗人在欧洲的无聊与虚空亟须"雨"来驱赶和填补，最后对"雨"的呼唤其实就是对故乡的思念。

当思乡的情绪堆积到一发不可收拾的程度时，诗人炙热的情感喷发而出，因而直抒胸臆：

> 我思念祖国
> ——哪个国家
> ——刚果
> ——天啊哪个刚果
> ——哦不不我没有思乡
> 但我受伤啊啊啊
> 这伤痛让我绕着自己的头转圈
> 手中的心打开几扇门

　　　　　我读过被刻在其中一扇上的字

　　　　　胜利者你终不是

　　　　　畸形足你必将有

　　　　　还有衣衫褴褛的祈祷啰唆着

　　　　　献给刚果的圣安娜 ①

　　这是诗集《昧心》里的一首诗，以对话的形式道出了诗人的思念之情，通过一问一答，诗人对祖国刚果的爱得到确认和强调。虽然后面否定没有思乡，但最后献给刚果的圣安娜②的祈祷，还是再次确认这种思念和热爱。通过"肯定—否定—肯定"这样一个思想过程，诗人矛盾的心态被呈现出来。

　　为什么会出现这种矛盾呢？从"胜利者你终不是/畸形足你必将有"可以读出，诗人认为自己是个失败者，不满自己拥有残疾的脚，但这却是他逃不过的命运，如此消极的自我判定是他受伤抑或痛苦的来源。他已然觉得自己是个可怜虫，再赤裸裸地说出自感哀伤的思乡之情，让他觉得自己越发的可怜，越发的失败。可是思乡之情不能自抑，嘴上否定，心却很诚实，哪怕祈祷是可怜的祈祷，依旧要献给祖国。

---

① U TAM'SI T. *Le Mauvais sang suivi de Feu de brousse et À triche - cœur* ［M］. Paris：L'Harmattan，2017：123.

② 圣安娜大教堂位于布拉柴维尔市波多－波多广场南端，是刚果最大、最著名的教堂，由法属赤道非洲总督费利克斯·埃布埃根据保罗·比耶希主教的倡议决定建造。

二、归属与使命

在乌·塔姆西的诗作中，他对祖国的归属感体现在将自己的命运和刚果的命运联系在一起，他的一生都期盼着看到一个横跨刚果河的完整的刚果。而刚果悲惨历史让他感到失望和愤恨，就正如他对自己不幸的童年以及命运感到失望和愤恨一样，这两种失望和愤恨融合在一起，成为其诗作中常见的主题。他的第一部诗集《坏血统》，标题就是对自己不幸命运的讽刺，认为自己是一个被诅咒的人，而他的祖国刚果是一个被历史遗弃的国家。在诗集最后一首诗《坏血统的迹象》（*Le Signe du mauvais sang*）中，诗人向命运发出疑问："我是人我是黑人为什么这会带来失望的意义？"①这句诗中间没有任何标点符号，所有疑问显得很急促，很强烈，诗人迫不及待想知道答案，却又无法找寻答案，抑或这根本就是他对命运不公的反抗，他清楚地知道这本是不应存在的问题。强调"我是黑人"，足见诗人对自己原始身份的认同，肯定的同时，又作为非洲人民的代表，发出内心深处的呼喊和质疑。

虽然诗人在面对刚果悲惨历史时有失望、愤恨甚至是痛苦，但依旧对刚果的未来充满了希冀，就像他在诗集《肚子》中所期望的那样：

　　活着的人

---

① U TAM'SI T. *Le Mauvais sang·suivi de Feu de brousse et À triche – cœur*［M］. *op. cit.*，p. 45.

> 会看到刚果
>
> 横跨刚果河
>
> 或漂浮在水风信子间①

　　在诗人眼里作为刚果流动存在的刚果河，因为调解殖民者的利益冲突，作为划分如今刚果（金）和刚果（布）的分界线。在地理位置上，诗人的祖国是刚果（布），可是在诗人心中，他真正的祖国是刚果，是未被殖民者入侵的那片广袤的土地，而看见被强行分裂的刚果，诗人痛心不已。诗中"横跨刚果河"的刚果正是他心中期盼的完整的刚果，刚果河不再是一条分界线，而是连接两岸土地的重要通道。水风信子代表着幸福、浓情、喜悦，通过富有象征性的花名，诗人表达了对刚果的美好愿望，祈望曾经苦难的祖国可以安宁，人民能够幸福。

　　在《坏血统》中，有一首直接以《回归》（Retour）命名的诗，这首诗是此诗集中第一首表达他对自己非洲血统感到骄傲的诗：

> 嘶哑太阳的绿色心脏是我的符号
>
> 献给所有赤条条生活的人们
>
> 他们比我倔强血液的命运更卑微
>
> 而在嘲笑的海中，岩上的血液更倔强

---

① U TAM'SI T. *Le Ventre suivi de Le Pain ou la Cendre* ［M］. Paris：Présence africaine，2007，p. 133.

啊我回到堕落的光

时间在我肉质的嘴唇上结痂

孩子面对街道的呼喊生而崇高

他柔软釉质的前额是他的符号

白蓝的天幕。玛瑙鸟回返

像熟透的果实他冲破叠句的老调

他的符号像喷泉抓紧树枝

回到彩虹色的我的矮妖

我祈求工作我的爱人挤出蜜糖

使我获救的是我肌肤的颜色 ①

　　这首诗的前三节都有"符号"一词，"符号"是一种身份的象征，这三个"符号"的含义各不相同，说明诗人对自己身份的解读和认识是有一个变化过程的。在第一节中，"我的符号"是"嘶哑太阳的绿色心脏"，"嘶哑"和"绿色"都是异常的表现，"太阳"和"心脏"都是无法触摸的事物，因此这"符号"呈现出一种模糊不可触的质感。而这种模糊不可触，代表了诗人对自我身份的不确定性，或者说是一种纠结。"赤条条生活的人们"指生活原始的非洲人民，他们比"我的命

---

① U TAM'SI T. *Le Mauvais sang suivi de Feu de brousse et À triche – cœur* ［M］. *op. cit.*, p. 32.

运"更卑微。《坏血统》整部诗集的基调是诗人自嘲不幸的命运，而非洲人民比不幸的命运更卑微则说明在诗人看来他们是如此的悲惨。"嘲笑""倔强"给人一种负面的情绪，"岩石"给人一种结实顽固的印象，这些词的叠加使用越发体现了这种卑微却又难以改变的命运，也更加表明了诗人对自我身份的拉扯之剧烈。

但痛苦的拉扯并没有一直持续，而这种改变发生在诗人回归故土（"我回到堕落的光"）之后。"肉质的嘴唇"是非洲人显著的身体特征，诗人通过这个描述再次强调了自己的身份；时间在嘴唇上结痂，说明经过时间和痛苦的沉淀后，诗人有了新的感悟，因此他的"符号"变成了"柔软釉质的前额"，变得更加真实可触，"生而崇高"两词的使用也让符号变得更加正面，更富有希望。

这种改变在第三节中更加彻底。这是一首十四行诗，一般来说，十四行诗的一行诗句间是没有标点的。但在此诗第一句的中间，"白蓝的天幕"后有一个句号，这突然的停顿意味着诗人有惊奇的发现，而这之后呈现的画面风格和前面所呈现的对比强烈：天空中的鸟儿五彩斑斓（"玛瑙鸟"），成群结队，黑压压的一片，归巢，就像"熟透的果实"迸发出新鲜的汁液，抑或像"喷泉"，形成一幅动感活力的画面。而"符号"像"喷泉抓紧树枝"，正是指这些成千上万的鸟儿回到树枝上，飞鸟归巢这一壮观的景象被诗人准确生动地描绘出来，也预示着诗人的真正回归。

在诗的最后一节里，已无须用"符号"来表明身份，因为诗人此时对自我身份不再纠结，而是非常笃定，意识到"使我获救的是我肌肤的颜色"，在确定身份后自身也获得了救赎。"矮妖"可能是指生活在非洲中部热带森林地区的尼格利罗人①，"我的"，在这个非洲特有人种前面表示所属的修饰，肯定并强调了这种身份确认。"彩虹色""蜜糖"这类绚烂甜蜜的词汇也传达出诗人此时内心的祥和。这次回归，不仅仅是地理上的回归，更是心理上、感情上的回归，是一次真正意义上的回归。

乌·塔姆西对刚果所在的非洲大陆也有着深深的归属感，对他来说，不仅自己属于这片土地，非洲也是属于自己的一个地理、社会以及文化空间：

> 我的橡胶王国我的库安固王国
>
> 还有河流以及河流
>
> 我的羊群我的手指我的头发
>
> 挂着有益健康的笑容
>
> 哦我的河流我回以你们
>
> 我毛孔的咸水②

---

① 尼格利罗人（Negrillo），非洲中部热带森林地区的种族集团。主要分布在扎伊尔、刚果、加蓬、喀麦隆、中非、卢旺达、布隆迪、乌干达和安哥拉等国。属尼格罗人种尼格利罗类型。其体质特征是：身材矮小（成年男子平均身高 1.41 – 1.42 米），头大腿短，皮肤黝黑，鼻宽唇薄，黑色卷发，毛发发达。没有统一的语言，而使用邻近高个子民族的语言。但某些非洲学家认为，尼格利罗人的支系埃费人还残留着一种在语法和词汇上与班图语有所不同的埃费语。尼格利罗人相信万物有灵，崇尚森林，尊森林为万能的父母，自称"森林的儿子"。

② U TAM'SI T. *Le Mauvais sang suivi de Feu de brousse et À triche – cœur* ［M］. *op. cit.* , p. 61.

这节诗里"橡胶""河流""羊群"等列举的名词勾勒出一个疆土辽阔、自然资源丰富的大陆，名词前面一系列主有形容词"我的"强调了诗人与非洲的所属关系，也体现出诗人为自己能拥有如此美丽富饶的大陆感到骄傲。而诗人更为骄傲的是自己是这片土地的儿子："我是黑人太阳的儿子……"①丰富的地理资源让诗人自豪，非洲大地上的历史和文化更让他着迷，在诗中，非洲民族历史记忆不时被重现，传统文化的精髓经常被提及，民族文化身份不断被强调。

在诗集《历史概要》中，非洲传统文化中的图腾文化成了辨别民族文化身份极为重要的因素：

> 尽管他们黑色背脊锋利的刃
>
> 如此弯曲如此多毛如此瘦弱和肮脏
>
> 他们说着图腾
>
> 刚果人刚果人
>
> 肯定是肯定是肯定是!②

图腾是群体的标志，是群体的精神依托，反映了群体的文化需求，是建构群体文化身份不可或缺的一部分。在这节诗中，诗人呈现了一个身份确认的场景：虽然根据外貌特征能看出是非洲人民，但不能辨认出

---

① U TAM'SI T. *Le Mauvais sang suivi de Feu de brousse et À triche – cœur* ［M］. *op. cit.*, p. 11.

② U TAM'SI T. *Épitomé* ［M］. Honfleur：P. J. Oswald Editeur, 1962, p. 54.

是来自非洲哪个国家，当听到他们的谈话内容，涉及民族文化印记的图腾时，判断出他们是刚果人，最后连用三个"肯定是"来强调这种判断，并传达出发现同胞的喜悦。

　　除了图腾，音乐和舞蹈同样作为非洲传统文化中的重要部分在乌·塔姆西的诗中出现：

　　　　我用上半身
　　　　你用腰跳伦巴
　　　　朗姆酒的隆隆声
　　　　令你兴奋直到天亮
　　　　在金沙萨 ①

　　非洲人的生活离不开舞蹈，不管是节庆活动还是日常生产生活，人们一听到鼓声或是歌声便会情不自禁地跳起来，而且常常通宵达旦地跳舞。音乐和舞蹈不仅是非洲人与信仰的神对话的语言，也是表达丰富多样情感的语言，传递着直观生动的文化信息。诗中的"我"和"你"在一起其实是一种集体概念的表达，再现了刚果人民沉浸于歌舞之中的欢乐场景，也展现了非洲充满活力的文化生活。提到非洲传统音乐，当然少不了非洲最具代表性的乐器——达姆达姆鼓：

---

　　① U TAM'SI T. *Le Ventre suivi de Le Pain ou la Cendre* ［M］. *op. cit.*, p. 36.

今晚人们听见

达姆达姆鼓声传播开来 ①

达姆达姆鼓是非洲传统音乐的主要乐器之一，不仅是用来伴奏的乐器，也是为人传递消息的工具，非洲诗人也常将这种鼓的声音用作诗歌的韵律。"节奏强烈、鼓点组合变化无穷的鼓声，伴随着舞蹈者双手拍打和双足踩踏大地而发出的声响，组合成充满历史文化信息的特殊语言世界，实现文化传承、社会沟通的目的"②，可以说它是非洲传统文化的象征之一。除了作为非洲人的自豪感，面对非洲大地时，乌·塔姆西在诗中还流露出一种责任感和使命感，正如他在《丛林之火》中写道：

我可以成为刺客

为恩加里福卢女王服务 ③

恩加里福卢女王是刚果历史上占据重要地位的一位女王，她是 19 世纪末刚果马科科王国的女王，参与了许多刚果重要的政治时刻，她多次见到戴高乐将军，特别是在 1944 年，派遣王国的士兵与法国军队并肩作战。短短的两行诗，融入了诗人对自己祖国历史的珍视以及甘为祖

---

① U TAM'SI T. *Le Mauvais sang suivi de Feu de brousse et À triche – cœur* ［M］. *op. cit.* , p. 104.

② 刘鸿武. 非洲文化与当代发展［M］. 北京：人民出版社，2014：119.

③ U TAM'SI T. *Le Mauvais sang suivi de Feu de brousse et À triche – cœur* ［M］. *op. cit.* , p. 71.

国献身的精神，这是一种对祖国的大爱，更饱含了对祖国浓浓的归属感和使命感。

第三节　塔蒂·卢塔尔

让－巴蒂斯特·塔蒂·卢塔尔出生于刚果共和国西部沿海南端的黑角港（Pointe－Noire），从布拉柴维尔（Brazzaville）的高中毕业后，他开始了教学生涯。1961 年至 1966 年，他在法国波尔多学习文学，获得现代文学学士学位（1963 年），之后在布拉柴维尔高等教育中心（Centre d'études supérieures de Brazzaville）教授文学和诗歌。回国后，塔蒂·卢塔尔成为刚果文化运动的领导者，担任多个高级管理职位，包括布拉柴维尔高等教育中心主任和人文科学大学院长。从 1975 年开始，他投身政治，先后成为高等教育部、文化与艺术部、旅游部部长。

他是刚果共和国最多产的诗人，共发表十部诗集，获得法国及非洲多项荣誉和重要文学奖项，其中包括法兰西共和国文学艺术军官勋章和撒哈拉沙漠以南的非洲文学大奖，被认为是法语非洲最重要的声音之一。塔蒂·卢塔尔的诗歌创作生涯长达 30 多年，风格自成一派。在诗歌世界中，他一直在寻求个人与环境、个人与集体的平衡，他的诗多为抒情诗，展示了其对艺术和生活的深度思考，表达了其渴望实现人与自然、人与社会和谐发展的美好愿望。

在国外的生活经历对塔蒂·卢塔尔的诗歌创作产生了深刻的影响。

他在异乡感到不适，有时甚至感到痛苦。相对于法国，他更喜欢住在自己的国家，在这里他感觉更舒服自在。在诗歌创作中，他对非洲传统文化的认同包括对自己非洲文化身份的认同，主要体现在对祖国以及非洲——其所属的文化空间的热爱和尊重。

一、异乡之愁与祖国之爱

在塔蒂·卢塔尔的诗中，经常融入自然元素，甚至会在诗集题目中直接体现，如《海之诗》《太阳的背面》《行星之火》《南方的蛇》等。在融入的自然元素中，有日月星辰、花鸟草木、海洋河流、季节气候等，这些自然元素与诗人的个人经历，尤其是故乡生活有着密切的联系，承载着诗人给予它们的特殊感情和深层含义——对故乡深深的思念与眷恋。

在他的第二部诗集《刚果根》里，有一首诗名为《地狱般的欧洲》（*L'Europe infernale*），1964 年写于波尔多，在这首诗中诗人表达了他在异乡的忧愁：

> 不可能，住在沉默的皿中
>
> 白昼和夜晚的蓝色交汇——永恒——
>
> 当阳光息止而月亮羞怯
>
> 当星星还只是微弱的炭火
>
> 在天空的灰烬里
>
> 黑暗并没有升起，

只为给它替我解忧的，钻石般的光芒

......①

诗人在充满了活力与生机的自然天堂里长大，那里的人民淳朴热情，生活无拘无束。来到法国后，诗人很难适应这里的城市生活，感觉自己无法生活在这沉寂、缺乏活力的地方。这种在异乡的痛苦加剧了诗人的思乡之情，当夜幕降临时，天上的星星让他想起了家乡的天空，以及天空下熟悉而亲切的土地，虽然只有微光，但在他眼里却闪烁着"钻石般的光芒"。

即使在回到故乡后，给诗人留下痛苦回忆的城市生活再次被提及。诗人在第四部诗集《时间的准则》里，在《致一位纽约女孩的信》（*Lettre à une fille de New York*）中，他写道：

我从远方给你写信，在刚果的岸边

在穆巴姆岛前面，一个绿色的土堆

躲在水中

好避免和地球一起转动

......

我怜悯你

在混凝土和钢的沙漠里

---

① TATI LOUTARD J B. *Œuvres poétiques* ［M］. Paris：Présence africaine，2007，p. 124.

> 拥有人类最美丽的梦想
>
> 在强盗的行囊里
>
> 在偏僻的街区中你会害怕
>
> 当月亮不再是夜晚的顶点 ①

　　诗人在家乡刚果给纽约的女孩写信，两人的生活环境形成了鲜明的对比，一个身处绿色的水中岛，一个身处"混凝土和钢的沙漠"，诗人对大城市的态度可见一斑，城市对他而言是压抑、孤独和绝望的。诗人对女孩的怜悯和担心更是对城市治安问题的诟病，再次表明了诗人讨厌城市生活，更喜欢被自然拥抱的生活，即海边故乡的淳朴生活。

　　异乡城市生活的痛苦经历让诗人更加深深依恋着海边的故乡，是那片土地的种种美好回忆一直支撑着在异乡的他，帮助他挺过那段艰难的时期。背井离乡的生活让他产生了恐惧，在第七部诗集《梦的传统》中，他毫不掩饰地表达了这种恐惧：

> 我只怕流亡，
>
> 我太阳的遗憾倾注在海浪上
>
> 就像锅中兴奋的油
>
> 唱着火的赞美诗
>
> 我的母亲焦虑不安

---

① TATI LOUTARD J B. *Œuvres poétiques*［M］. Paris：Présence africaine，2007，p. 189.

在她的三石壁炉前

有多少诗人永远为

北方的热带服丧 ①

　　这是诗集第一首诗《祖国刚果》（*Congo Natal*）中的一段，母亲的
形象就是诗人魂牵梦绕的故乡的象征。诗人害怕流亡，害怕离开自己所
属的这片热土，当诗人身处异乡时，唯一迫切的愿望就是要回到故乡。
回到故乡，重见祖先之海，诗人远离了西方封闭的氛围，有一种重获自
由的喜悦，回归也成了诗人重要的创作源泉。在《刚果根》的 35 首诗
中，有 10 首诗写他的回归。诗人认为回到故乡是一种胜利，对故乡的
感情也在回归后得到了升华。

　　在这部诗集中，有一首塔蒂·卢塔尔写给刚果共和国另一位伟大的
诗人契卡雅·乌·塔姆西的诗，名为《回到刚果》（*Retour au Congo*）。
这首诗描述了他回家时受到乡亲们的热烈欢迎，也抒发了自己当时的
感动：

我在一弯浅月时回来

那些在云的入口等我的人

举起——燃烧的——他们牙齿的火把

这光芒对我更甚于

---

① TATI LOUTARD J B. *Œuvres poétiques*［M］. Paris：Présence africaine, 2007, p. 361.

划落法国夜空的星星①

乡亲父老手中举起的火把照亮了他回家的路，也饱含着故乡人民对游子的爱与温存。渴望回到故土的诗人看到这一幕，感到自己对故乡的爱也得到了故乡的回应，乡亲们给予他的真挚和温暖，自然让他觉得火把散发出来的光比他在法国夜空看见的星星更加明亮，更加动人。正是这种爱的回响，让故乡在诗人的心中变得更加美好，对故乡的爱也越发浓烈。浓烈的爱和强烈的归属感让诗人与故土无法分割，甚至和它融为一体：

> 猴面包树！我刚把我重新种在你附近
> 并将我的根与你祖先的根融合在一起
> 我在梦中给自己你多节的手臂
> 我会变得更坚强，当你浓烈的血液
> 流淌在我的血液里。
> ……
> 当土壤在我脚下变软
> 让我在你的脚边耕犁②

猴面包树，非洲最常见的一种树，在此成了故乡的象征，是"刚

---

① TATI LOUTARD J B. *Œuvres poétiques* [M]. Paris：Présence africaine，2007，p. 83.
② TATI LOUTARD J B. *Œuvres poétiques* [M]. Paris：Présence africaine，2007，p. 93.

果根"之所在。此诗写于塔蒂·卢塔尔重回故乡不久，对故乡的深情充溢整首诗，故乡给予诗人生命与力量，诗人对故乡不离不弃、不分不舍。这种和故土融为一体的情感，随着时间的推移而越发深厚，正如诗人在十几年后的《苍老的根》（*Vieille racine*）中写道：

> 时间已将我镂空
>
> 我是苍老的根
>
> 你不能将我从这片土地上拔除 ①

塔蒂·卢塔尔对故土一往情深，并且深深扎根于故土，在他的诗歌世界里，浓烈的热爱故乡之情被表达得淋漓尽致。这种热爱体现在对这片土地的眷恋上，这片土地被自然拥抱，资源丰富，这里的人民善良热情、淳朴可爱，对他而言一切都是美好的，值得被赞美的。故乡的海洋河流、日月星辰、花鸟草木、季节气候等这些熟悉而亲切的自然元素，已然成为诗人生命的一部分，不管身处何方，都不能从诗人的记忆中消失，甚至成了一种感情和精神的寄托。诗人对故乡、祖国的热爱通过它们被表达和强调，从某种意义上说，它们是神圣的。

二、水的意象与故乡情结

在这些自然元素中，最引人注目而且最为重要的当数水元素。从第

---

① TATI LOUTARD J B. *Œuvres poétiques* ［M］. Paris：Présence africaine，2007，p. 365.

一部诗集《海之诗》到第七部诗集《梦的传统》，水元素是塔蒂·卢塔尔作品中的关键元素。1998 年 11 月在巴黎接受的一次采访中，他解释了水元素为什么在他的作品中占据了重要位置："我在海边出生长大。我听到的所有声音都是大海的声音。这片海在我身上留下了痕迹。（……）在我来到布拉柴维尔之后，我发现了刚果河（这是世界上最大的河流之一）……这是在我的诗歌中水占有主导地位的一个小小的解释。"①

诗中出现的水元素包括大海和刚果河，其中大海是呈现最多、含义最丰富的自然元素。居留法国期间，他想念着祖国，牵挂着母亲，记忆中时刻浮现故乡的大海。在前三部诗集《海之诗》、《刚果根》和《太阳的背面》中，诗人将无法抑制的思乡之情寄托在故乡的大海中，对他而言，故乡的大海不仅仅是想象中的一片汪洋，而是他祖先的母亲，是他的根，是其故土的保护者，正如他在《海之诗》中写道：

> 我在这里看着
> 记忆的潮水起伏
> 追溯至卢安戈王国

---

① 此段采访内容译自法语原文：《Je suis né et j'ai grandi au bord de la mer. Parmi tous les bruits que j'ai entendus, étaient les bruits de la mer. Cette grande nappe d'eau m'a marqué. (...). Après je suis venu à Brazzaville où j'ai découvert le fleuve Congo (qui est l'un des plus grands fleuves du monde) (...). Voilà un peu l'explication que je peux donner à cette prédominance liquide dans ma poésie. 》
KODIA – RAMATA N. *Mer et écriture chez Tati Loutard：de la poésie à la prose*［M］. Paris：Connaissances et Savoirs, 2006：23.

在我的眼前穿梭的国王：

塔蒂·玛卢安戈、玛尼·普阿蒂、玛尼·浓波……

我从这队列里认出自己

也从此变得平静；

北斗星温暖我的眼睛。

夜晚坐在我身旁

在贝壳的腔内

这不是奴隶的灌木。

静默而沉思！

风搅动蓝色的海水

天清洗了它的牙齿

为照亮一个新的时代。①

卢安戈王国是 15－19 世纪存在于大西洋沿岸的非洲古老王国，位于今天刚果共和国西南部和加蓬南部。诗人在海洋世界中回到了曾存在于故土的古老王国，见到了王国的君主们，也就是他的祖先们，追溯其生命之源，找到了自己的根。诗人因此变得平静，感受到温暖，这是一种找到归属后内心的平静与温暖。这种归属强调了诗人与祖国不可分割的关系，无论身在何方，他都与祖国血脉相连。在诗集《星球之火》中，《我与大海》（*Moi et la mer*）这首诗再次明确了诗人与祖国难以割

---

① TATI LOUTARD J B. Œuvres poétiques. op. cit. , p. 32.

舍的关系：

> 我是延展在你身旁的海滩，
>
> 充满魅力的蓝色海洋
>
> 在你自地平线而来的身体上；
>
> 给予地球胸膛气息的源头！
>
> ……①

　　蓝色的海洋是海边故乡的象征，没有大海就没有海滩，将"我"比作依附于大海的海滩，形象地表达出诗人与故乡紧密相连，与祖国同命运。诗人对祖国的深情渗透在他的血液中，哪怕远在异国，祖国依旧是他力量的源泉、生命的养分。

　　塔蒂·卢塔尔是大海的孩子，大海成为他童年记忆的背景，成为连接他尤其是远离故乡的他与故土的脐带。有时，大海的形象和母亲的形象重叠，甚至成了他的母亲。他的眼睛，带着幸福拥抱着他的大海母亲，他从没忘记过她，她在他的世界中一直支持着他。在第五部诗集《星球之火》中，有十几首诗都是诗人回忆起自己的故乡，想到大海，就好似看见母亲，比如：

> 我从海的断臂走出

---

① TATI LOUTARD J B. *Œuvres poétiques. op. cit.*, p. 255.

满耳浪的声响

像母亲的呼唤

我的脚早跨越

分离我和海岸的距离；

数千次越入磨砺我的盐

从中了解我的根源

是浪花比泡沫更白

我把心脏封入珊瑚树的十字架中 ①

诗人对故乡的热爱再次被展现，海浪的声音就如同母亲的呼唤，不管身在何方，诗人一直牢记根之所在，强调自己是故乡大海不可分割的一部分，不断确认自己的个人归属和文化身份。

另一个值得一提的水元素是刚果河。刚果河灵动秀美，是刚果流动的存在，它滋养着诗人的祖国大地，诗人毫不吝啬地赞美这条母亲河，正如这首《生死之源》(*Source de vie et de mort*)：

刚果河

你的水域如此多彩

似乎取之不尽

我的河流你有多苍老

---

① TATI LOUTARD J B. *Œuvres poétiques. op. cit.*，p. 259.

　　　　　　　处于哪个地质时间

　　　　　　　你是否行走在石华上

　　　　　　　蛇般盘绕在

　　　　　　　古老石基的腹心

　　　　　　　......①

　　刚果河流域面积广，水量充沛，流域面积和流量仅次于亚马孙河，是世界第二大河，也是世界最深的河流。它支流众多，河网稠密，长年流量大而稳定，河道呈弧形，两次穿越赤道，它是非洲的脉搏，滋养了无数的生命；同时它河道窄，水流急，流经的区域有不少高原山地与盆地之间形成的陡坡和悬崖，在这些地段形成了一系列流量大、流速快的瀑布；它也是世界上最凶猛的河流，塔蒂·卢塔尔将刚果河称为"生死之源"再贴切不过。他对刚果河绚丽多彩的风光以及丰富的水力资源赞叹不已，它好似取之不尽、用之不竭，拥有顽强的生命力。刚果河的河床并非泥沙，而是坚硬的石头，"古老石基"不就是这坚硬岩石的河床吗，蜿蜒的刚果河犹如蛇般盘绕在古老而坚实的非洲大地上，它的生命力象征着祖国刚果乃至非洲大陆的生命力，只要河流奔腾不息，祖国和非洲就一直生机勃勃，充满活力。

---

　　① TATI LOUTARD J B. *Œuvres poétiques. op. cit.*, p. 446.

本章小结

通过对桑戈尔、乌·塔姆西和塔蒂·卢塔尔诗歌中所呈现的非洲传统文化的分析，不难看出他们对非洲传统文化的态度是一致的，对自己非洲人的文化身份一次再一次地确认。祖国对于他们是真正的归属，无论身在何方，祖国或者说非洲永远是他们根之所在，心之所向。当身处异乡时，他们都感受到了背井离乡的痛苦，这种痛苦也都在各自的诗歌中有所体现，而抚平这种痛苦最好的药剂便是对祖国的思念，无法抑制的思念承载的是他们对祖国深沉的爱。

桑戈尔主要是通过对故乡的回忆来抒发思乡之情，回忆里有童年的快乐生活，平日祥和的生活场景和热闹多样的传统仪式。有时，回忆的故乡幻化成一种感觉，恰似温柔女性给予的温存；有时，回忆的故乡是寻求宁静的独有空间，给予他安慰和能量。乌·塔姆西有着不幸的童年，离开故乡不是他自主的选择，在异乡的痛苦里，也包含着一种背叛与被背叛的纠结。他对故乡的思念主要是通过个人在异乡的感受来传达的，有时借景抒情，有时直抒胸臆。塔蒂·卢塔尔对故乡的思念大都寄托在故乡的自然之物上，故乡的日月星辰、花鸟草木、海洋河流、季节气候都有他爱的痕迹，尤其是故乡的海和刚果河。

非洲大陆，包括其秀丽多彩的风景、古老悠久的历史、独特丰富的传统文化、热情质朴的人民，在三位诗人的诗歌中都占据着重要的位置。面对西方对非洲大陆，尤其是对其传统文化的误读和扭曲，他们都"挺身而出"，作为非洲的代言人向世界展示非洲独一无二的风采，宣扬和审视非洲的传统文化，提倡多元文化的共生，坚守自己的文化身份并为其感到骄傲。

　　桑戈尔在诗歌中展现的非洲面貌是比较全面和具体的，不管是历史还是文化，不管是风景还是人民，他都有所呈现。除了塞内加尔，他还倾情赞颂了非洲其他国家，他歌唱埃塞俄比亚，歌唱刚果河，甚至歌唱了在美洲大陆的非洲人聚集区哈莱姆。通过他的诗歌，可以贴近非洲及非洲文化，重新发现它们的价值。乌·塔姆西诗歌中的非洲是一个更为整体的概念，这块大陆疆土辽阔、自然资源丰富、文化丰富多样，但除了赞美之外，还有他作为非洲人面对非洲历史沉重的一面发出的呼喊和质疑。塔蒂·卢塔尔对于非洲传统文化的坚守主要体现在他的创作理念上，其诗歌传达出来的人与自然之间的亲密和谐，正是非洲传统文化价值观重要的组成部分。他的诗歌深深扎根非洲大地，文化自信可见一斑。

第二章

对外来文化的吸收

从 15 世纪开始，欧洲殖民者相继入侵非洲，非洲人民长期被套上殖民奴役的枷锁，塞内加尔和刚果都有着被长期殖民的历史。1638 年法国人在塞内加尔河河口建立贸易站，建立起第一个殖民区。19 世纪初期，法国控制海岸地区，并向内陆扩张，阻止图库洛尔帝国的发展。1864 年塞内加尔沦为法国殖民地。1890 年，法国占领了塞内加尔全境。1909 年划入法属西非洲。1946 年塞内加尔全体居民都成为法国公民，塞内加尔成为法国一个海外领地。1958 年 11 月根据戴高乐宪法成为"法兰西共同体"内的"自治共和国"。1959 年 4 月与苏丹（今马里共和国）结成马里联邦。1960 年 4 月 4 日，同法国签署"权力移交"协定，6 月 20 日，马里联邦宣告独立。8 月 20 日，退出联邦，成立独立的共和国，桑戈尔为首任总统。

刚果的殖民史是非洲历史上最黑暗的一页。5 世纪末，葡萄牙人入侵刚果。英、法先后接踵而来。殖民者在卢安戈王国沿海地区建立商站，从事奴隶、象牙和黄金等买卖和掠夺活动。19 世纪 70 年代后，法国殖民者开始深入刚果内地。除法国外，比利时和葡萄牙等国也在刚果河流域进行扩张。这些国家为争夺领土而发生冲突。1885 年柏林会议试图调解彼此利害冲突。根据柏林会议决议，将刚果河以东地区划为比属殖民地，即现在的刚果（金）；以西划为法属殖民地，即今刚果（布）。1903 年 12 月刚果殖民地改称中央刚果。1910 年 1 月，中央刚果和加蓬、乌班吉—沙立、乍得一起合并为法属赤道非洲。1957 年根据海外领地根本法，刚果取得了半自治共和国的地位。1958 年 11 月根据法兰西第五共和国宪法，刚果成为自治共和国。1960 年 8 月 15 日宣布独立，但仍留在法兰西共同体内，定国名为刚果（布拉柴维尔）共和国。1961 年 3 月 27 日，富尔贝尔·尤卢（Fulbert Youlou）任共和国总统。

　　法国对非洲殖民地采取的是直接统治，推行的是同化政策。法国制定同化政策的初衷是"为其大法兰西目标服务，扩大法语为当地语言的地域范围。其目的是消灭非洲传统文化，在其基础上创造出'平等的无差别的人'"①。说到底，就是要根除被同化地区的过去，塑造"法国黑人"。同化不仅仅涉及政治与经济，还涉及文化领域的沟通和融合，因此法国同化政策的主要内容有"经济同化、行政同化、文化同化和身份同化"②。

　　想要彻底的同化，文化同化毫无疑问是重中之重。法兰西文化与非洲传统文化截然不同，为了更好地大力推行文化同化政策，法国采取专制性手段，以传教和教育作为重要的传播途径，兴修教堂和学校，教授法语，推广法式教育，将法国文化灌输给殖民地人民，试图取代当地传

---

① 张弛. 法国对塞内加尔同化政策研究［D］. 上海：上海师范大学，2016：12.

② 张弛. 法国对塞内加尔同化政策研究［D］. 上海：上海师范大学，2016：20.

统文化，增加殖民地人民对宗主国的认同感，培养为法国殖民服务的本土精英。殖民地本土精英培养的惯常模式为经过殖民者精心选拔，然后到法国接受更高教育，最后再回到非洲。在此过程中，非洲传统文化受到了法兰西文化的巨大冲击，不可避免地产生文化碰撞。

桑戈尔、乌·塔姆西和塔蒂·卢塔尔三位诗人都接受过法式教育，在双重文化背景中成长，深谙非洲传统文化，熟悉法国文化，这两种文化的融合与碰撞无疑体现在他们的诗歌创作中。在诗作中，他们对外来文化的吸收是毋庸置疑的，他们多次提及法国，与法国相关的人或物，当然也少不了法国文化元素抑或是宗教元素。从这些外来文化元素中，可以看出外来文化如何影响他们的创作，以及他们如何看待外来文化。

第一节　桑戈尔

由桑戈尔的家庭背景、成长环境和教育生活经历得知，他从小学习天主教教义和法语，信奉天主教，接受法国文化的熏陶，并从中汲取营养，特别是他在法兰西的岁月深深影响着他的诗歌创作。在他的诗歌中，可以感受到他与法国的一种特殊的亲密关系，可以说是一种"法兰西情结"。他的诗歌中融入了大量的宗教元素，尤其是《圣经》元素，可以感受到他作为天主教教徒的虔诚。

一、法兰西情结

桑戈尔在与法兰西文化的深度接触中，感受到了它的魅力，也与法国人民结下了深厚的友谊。透过其早期的诗歌，可以看到诗人的心在非洲和欧洲之间摇摆，他认为自己属于这两个大陆，对法兰西、对非洲以及世界的未来充满了憧憬。"他看到的那个新世界是一个没有阶级、没有种族歧视、共同建设新天地的明天，为了争取这样的明天，他将同黑得各不相同的非洲各地弟兄们、白人劳动者、全世界的劳动者并肩作战。"①

在诗集《黑色祭品》中有一首《在沙巴族的召唤下》（*À l'appel de la race de Saba*），在此诗中，诗人号召全世界受苦受难的人民高唱《马赛曲》，"为实现真正意义上的'自由、平等、博爱'而坚持不懈地努力奋斗"②：

> 这是一支全世界的马赛曲。
>
> 因为我们全部聚集在一起，尽管肤色不同——有的
>
> 像烤焦的咖啡，有的像金色的香蕉，有的像稻田的泥土
>
> 尽管外衣服饰风俗语言不同，但在热烈的长睫毛

---

① 赵静. 从"他者"的视角看世界——桑戈尔诗歌中的法兰西意象［J］. 时代文学（下半月），2014（01）：223.

② 赵静. 从"他者"的视角看世界——桑戈尔诗歌中的法兰西意象［J］. 时代文学（下半月），2014（01）：223.

的阴影下，我们的眼睛深处却蕴藏着同一支苦难之歌

……

还有像兄弟一样团结战斗的全体白人劳动者。

……①

《马赛曲》是 1792 年，奥国军队武装干涉法国革命时，马赛人民威武雄壮地开赴巴黎战斗时所唱的爱国歌曲，也是法兰西共和国建立以后的国歌。这首曲子鼓舞人心，是自由的赞歌，象征着法国人民在大革命时期的英雄主义和爱国主义精神。桑戈尔一直期望没有种族歧视的大同世界，法国大革命的原则和国家格言"自由、平等、博爱"与他的政治理想相符合，通过诗歌，他不断强调自己的政治理想，希望全世界不同种族但同样受压迫的人民，包括白人兄弟，高唱鼓舞斗志的《马赛曲》，团结一致，建立一个全新的世界。

在诗集《阴影之歌》的《浪子归来》中，桑戈尔再次抒发了与"蓝眼睛兄弟"友好相处、互帮互助的理想：

你们知道，我同那些被人遗忘的君王，

同那些徒有虚名的君王结为莫逆之交

我吃上了那种使劳动者和失业大军

垂涎三尺的面包

---

① 列奥波尔德，塞达，桑戈尔.《桑戈尔诗选》［M］.曹松豪，吴奈，译.北京：外国文学出版社，1983：56－57.

> 我梦见了一个同蓝眼睛的兄弟相亲相爱的
>
> 阳光灿烂的世界。①

　　这里的"蓝眼睛兄弟"和《在沙巴族的召唤下》中"白人劳动者"都是指西方世界的人民，或者说是以法国为主的欧洲人民。在桑戈尔期望的大同世界中，非洲人民和西方世界人民平等互助，两者的关系是和谐的，西方世界人民是"兄弟"一般的存在，说明诗人对以法国为主的欧洲有着特殊的感情，也有着特别的期许。

　　在《致盖勒瓦尔》（*Au Guélowâr*）中，桑戈尔再次强调了他的政治理想，"站在整个欧洲的高度，呼唤苏丹帝国元勋们的后裔，世代贵族骁将——盖勒瓦尔，在和平的旗帜下，建构一个各民族间团结友爱的新世界"②：

> "事关黑人！事关人命！不！事关欧洲。"
>
> 盖勒瓦尔！
>
> 你的声音向我们诉说荣誉希望和战斗，像翅膀一
>
> 样扑打我们的胸膛
>
> 你的声音告诉我们什么是共和国，说我们将在晴

---

① 列奥波尔德，塞达，桑戈尔.《桑戈尔诗选》[M]. 曹松豪，吴奈，译. 北京：外国文学出版社，1983：46.

② 赵静. 从"他者"的视角看世界——桑戈尔诗歌中的法兰西意象 [J]. 时代文学（下半月），2014（01）：223.

朗的日子里，同各国人民平等博爱

建设新的城镇。于是，我们回答：

"盖勒瓦尔，我们在此！"①

二战后，为重建殖民统治，法国建立了由法国本土和海外省、海外领地、归并地、归并国组成的法兰西联邦，塞内加尔就是其中一员。桑戈尔对法兰西联邦抱有希望，认为在法兰西联邦里没有种族的界限，无论是黑人的孩子还是白人的孩子都是"法兰西联邦的孩子"，正如他在《塞内加尔狙击兵的祈祷》（*Prières des Tirailleurs sénégalais*）中写道：

要使白人的孩子和黑人的孩子——按字母排列为序——

法兰西联邦的孩子们手挽着手前进 ②

法兰西联邦的孩子们团结在一起，共同创造法兰西联邦美好的未来，其中也包括塞内加尔的未来，显而易见，桑戈尔认可自己"法兰西联邦人"的身份，认为在法兰西联邦内或许可以实现他的政治理想，建立一个没有种族歧视的联邦。当他亲眼目睹法兰西鼓吹自己的文化却贬低非洲文化，认识到法兰西的真实面目时，他对法兰西爱恨交织，这种矛盾情感在《和平的祈祷》（*Prière de paix*）中表现得淋漓尽致：

① SENGHOR L S. *Œuvre poétique* ［M］. *op. cit.*, p. 77.

② SENGHOR L S. *Œuvre poétique* ［M］. *op. cit.*, p. 74.

他们使我在黑夜的森林和白昼的荒原中间，

变得衰老而孤独。

主啊，我的眼睛里的冰块已化成模糊的泪水

你看，仇恨的毒蛇，我原以为已经死去，

现在却在我的心中抬头……

主啊，因为我还要继续走我的路，而且我

还要专门为法兰西祈祷。

主啊，请你在白种人的民族中间，让法兰西坐在

圣父的右首。

……

主啊，请宽恕那个满嘴正道却老走斜路的

法兰西吧

她请我吃饭，却叫我自带面包，她右手给我的，

左手又夺回一半。

主啊，请宽恕那个憎恨占领者，却非常可怕

地将占领强加于我的法兰西吧

……①

　　认清法兰西的真实面目后，桑戈尔对未来的憧憬化为忧伤的泪水。

---

① SENGHOR L S. *Œuvre poétique* ［M］. *op. cit.*, p. 98.

"在黑夜的森林和白昼的荒原中间"其实是诗人在"黑"（非洲）和
"白"（法兰西）之间摇摆不定，最终导致"衰老而孤独"。他对法兰
西进行了愤怒的谴责，她"满嘴正道却老走斜路"，"她右手给我的，
左手又夺回一半"，但同时又专门为其祈祷，寻求主的宽恕。可见桑戈
尔的内心深处，对法兰西或多或少有着一种偏爱，"他确信真正的法兰
西不是现在这副卑贱的嘴脸，现在呈现在眼前的丧心病狂的法兰西只是
蒙在法兰西脸上的假面具"①。

　　对法兰西怀有的特殊情结让桑戈尔在面对法兰西的丑陋嘴脸时还是
继续为法兰西辩护，并且在诗中直言不讳地表达对法兰西的偏爱：

　　　　啊！吾主，请把不是法兰西的法兰西——这个蒙

　　　　在法兰西脸上的卑贱和仇恨的面具，这个我只

　　　　有恨之入骨的卑贱和仇恨的面具

　　　　从我的记忆中抹掉吧——尽管我完全能憎恨邪恶

　　　　因为我非常偏爱法兰西。②

　　桑戈尔之所以对法兰西有如此深厚的感情，是因为他在漫长的法兰
西岁月中，不仅领略了灿烂的法兰西文明，而且与法国人民结下了深厚

---

① 赵静. 从"他者"的视角看世界——桑戈尔诗歌中的法兰西意象［J］. 时代文学
（下半月），2014（01）：224.

② 列奥波尔德，塞达，桑戈尔.《桑戈尔诗选》［M］. 曹松豪，吴奈，译. 北京：外
国文学出版社，1983：78.

的友谊，尤其是与法国前总统乔治·蓬皮杜。桑戈尔在巴黎高等师范学院读书时，结识了同样就读于该校的蓬皮杜。在校期间，很多人歧视桑戈尔——这位来自西非的留学生，不愿接近他，"而蓬皮杜与别人相反，同情他，并与他成了莫逆之交，还一起合办刊物。后来两人都成了国家元首，私人关系一直很好，这对以后两国关系的发展也起了一定的作用"。①

　　1974 年 4 月 2 日，时任法国总统的蓬皮杜在任期内于巴黎去世。桑戈尔听到这个消息后，为好友的去世感到惋惜和悲痛，并在其逝世一个月之后，为他写了一首诗《致乔治·蓬皮杜的哀歌》（*Élégie pour Georges Pompidou*），以此来怀念好友并寄托哀思。蓬皮杜在学生时代就是一位才华出众，富有革新精神的人，他之所以与桑戈尔建立了如此深厚的友谊，是因为他们有很多的相似之处，"尊重家庭观念，农民出身，积极的父亲形象，崇尚工作与努力"②。还有一个原因，也许是最重要的，他们都热爱文学，尤其热爱诗歌。桑戈尔曾经说过："是他……让我熟知并热爱法国诗歌。他经常用同一嗓音朗诵诗歌，就像在我们黑非洲那样。我们真的对彼此怀有兄弟般的感情。这不仅仅是友谊。我在夏多 –

---

① 高九华．蓬皮杜与桑戈尔［J］．世界知识，1985（13）：27.

② 由笔者译自法语原文：《respect des valeurs familiales, origines paysannes, figure positive du père, culte du travail et de l'effort.》DELAS D. *Léopold Sédar Senghor, le maître de langue*［M］．Lonrai：Édition Aden, 2007, p. 77.

龚提耶皮埃尔·嘉吾尔医生家，也就是他岳父家度过了十个长假。"①由此可见桑戈尔与蓬皮杜，甚至是与他家人之间的亲密程度。蓬皮杜在桑戈尔心中的地位不可小觑，诗人对蓬皮杜的感情倾注在这首诗里。诗的第一句话就表明了蓬皮杜在诗人心中的地位，"我说不！我不歌唱恺撒"②，可见在他心中蓬皮杜比恺撒还要伟大。他不禁回想起两人一起度过的欢乐时光，好友的音容笑貌再次浮现，"苍白皮肤上的黑色头发，如燃烧灌木般长眉下的浅色眼睛"③。之后诗人的思绪又回到蓬皮杜生命的最后一段时光，特别描写了蓬皮杜从病床上跌落的一幕，突出其面对病痛的勇气：

> 你从床上跌落，面色惨白，轻声呻吟
>
> 至无声。你徒劳地找寻蓝天的眼睛，你的快乐，
>
> 被你温柔地掩饰。
>
> ……
>
> 他们说，突然，你再次戏谑自己的病④
>
> ……

---

① 由笔者译自法语原文：《C'est lui qui（……）m'a fait connaître et aimer la poésie française. Il me récitait souvent des poèmes d'une voix monotone, comme on le fait en Afrique noire. Nous nous sommes vraiment pris d'affection fraternelle l'un pour l'autre. C'était plus que de l'amitié. J'ai passé dix grandes vacances chez le docteur Pierre Cahour, son beau – père à Château – Gontier. 》DELAS D. *Léopold Sédar Senghor, le maître de langue* ［M］. Lonrai：Édition Aden, 2007, p. 79.

② SENGHOR L S. *Œuvre poétique* ［M］. *op. cit.*, p. 323.

③ SENGHOR L S. *Œuvre poétique* ［M］. *op. cit.*, p. 324.

④ SENGHOR L S. *Œuvre poétique* ［M］. *op. cit.*, p. 324.

　　而现在，桑戈尔与蓬皮杜阴阳两隔，诗人深情呼唤着好友的名字，希望好友在天堂里能够安息：

> 朋友乔治，你脸上已经戴着白色面具
>
> 现在你走了——你承诺过我，我们相互承诺过
>
> ……
>
> 你在天堂之门，瞥见幸福，告诉我朋友，这就是天堂吗？
>
> ……①

　　蓬皮杜对桑戈尔而言，不仅是好友，更胜似兄弟。在诗的最后，桑戈尔对蓬皮杜满腔的思念喷薄而出：

> 在泰米尔的夜晚，我想你，我比兄弟还兄弟的兄弟。
>
> 在天空的尽头，星星散落在解开的马德拉斯头巾下。
>
> 如何才能入睡，在这潮湿的，混有泥土和茉莉香气的夜晚？我想你。
>
> 对你而言，只有这首诗能抵抗死亡。
>
> ……②

---

① SENGHOR L S. _Œuvre poétique_［M］. _op. cit._, p. 326.
② SENGHOR L S. _Œuvre poétique_［M］. _op. cit._, p. 329.

　　这首诗是在桑戈尔对亚洲四国（中国、朝鲜、孟加拉国和印度）进行国事访问期间完成的。到达最后一站印度马德拉斯（Madras）时，桑戈尔对蓬皮杜的思念到达极限，夜晚无法入睡，对蓬皮杜的思念之情化作直抒胸臆的"我想你"，在诗中回响。

　　桑戈尔还创作了一首致蓬皮杜妻子克洛德·蓬皮杜（Claude Pompidou）和妹妹雅克琳娜·嘉吾尔（Jacqueline Cahour）的诗，名为《法兰西女性》（*Femmes de France*）。在诗中，他为法兰西的女性歌唱：

　　　　法兰西女性，法兰西的女儿

　　　　让我为你们歌唱！你们是梭隆的清脆音符。①

　　这首诗写于二战期间，这里的法兰西女性代表着人道主义，是反对暴力和战争的化身：

　　　　哦你们是大炮和炸弹之下美丽的直立的树

　　　　是难熬的日子里，是绝望恐慌的日子里唯一的怀抱

　　　　……

　　　　对他们而言你们是母亲，对他们而言你们是姐妹

　　　　祝福法兰西之火和法兰西之花！②

---

①　SENGHOR L S. *Œuvre poétique*［M］. *op. cit.*, p. 82.

②　SENGHOR L S. *Œuvre poétique*［M］. *op. cit.*, p. 82‑83.

雅克琳娜·嘉吾尔是桑戈尔参加二战时的教母，她与桑戈尔的通信安慰并支撑着身在战争前线饱受煎熬的桑戈尔，亲历战争的诗人深深体会到战争带来的绝望和恐慌，对和平充满了无限渴望与向往。他作为千千万万参战士兵的代表，歌颂给予他们温暖和力量，犹如自己母亲或姐妹的法国女性，对她们的歌颂亦表达了诗人对战争与暴力的厌弃、对和平与爱的信仰。

二、基督教元素

基督教自 15 世纪开始传入撒哈拉以南非洲地区，"19 世纪中叶开始的殖民探险活动揭开了基督教在非洲大传播、大发展的序幕，使得基督教的影响逐渐遍及撒哈拉以南的非洲大部分地区；基督教的非洲化进程进一步促进了其在非洲的传播，并使之成为非洲第一大宗教"①。随着基督教的传播，西式教育在非洲逐渐发展起来，近代出现的西式学校及其教学内容最初都是隶属并服务于教会组织的。这些西式学校除了推广宗主国语言文字之外，还将《圣经》和其他一些宗教文献翻译成当地语言出版，培养了非洲最早的民族知识分子群体。桑戈尔就出生在这类信仰天主教的知识分子的家庭中，从小接受天主教的教育，深受天主教信仰的熏陶和启发，这种信仰在其诗歌中也留下了深深的烙印。

这种宗教影响首先体现在诗集以及诗的题目上。桑戈尔的第二部诗集命名为《黑色祭品》，"祭品"的法语原文"hostie"，意为"圣餐面

---

① 郭佳. 撒哈拉以南非洲基督教的历史与现实［J］. 世界宗教文化，2016（03）：62.

饼，圣体饼"。圣餐是基督教的主要仪式之一，也是一种特殊的崇拜仪典。诗集名称《黑色祭品》是一种隐喻，实指在二战期间战死的非洲士兵，为战争而牺牲生命的他们就如同献给上帝的祭品。

二战期间被盟军或是轴心国军队征召入伍的有百万非洲士兵，其中法国从 20 个非洲法属殖民地征召了大约 17 万名非洲士兵，参与登陆战役。因为法国本土处于纳粹统治下，这些非洲士兵为解放法国做出了巨大贡献。他们除了持枪战斗之外，还作为"部队的手和脚"扛着沉重的军械、物资和伤员在战场上穿梭，为人类和平做出了重大牺牲。战争的硝烟散去，牺牲的白人战士受到世人的怀念和赞颂，在世的白人老兵享受着政府津贴和关怀，而曾与他们并肩作战的非洲士兵却已被世界遗忘，付出生命却没得到英雄的待遇。这部诗集将为二战牺牲的非洲士兵比作摆在欧洲利益祭台的牺牲品，替无数为欧洲或是全人类而战的非洲士兵发声，为他们不公平的待遇申诉，希望他们可以享受到原本属于他们的荣光。

在这部诗集中，有两首直接以宗教仪式命名的诗——《塞内加尔狙击兵的祈祷》和《和平的祈祷》。塞内加尔狙击兵是二战期间，在非洲和欧洲战场上为抵抗德意法西斯军队而英勇作战的非洲部队。在诗中，诗人为自己的同胞祈祷，为世界和平祈祷。正如题目所示，这两首诗呈现祷告的特点，多次出现直接向主祝告的诗句，比如"请倾听他们的声音，主啊！"[1]，"主啊，请原谅白色的欧洲！"[2]，"主啊，请降福

---

[1]　SENGHOR L S. Œuvre poétique ［M］. op. cit., p. 72.
[2]　SENGHOR L S. Œuvre poétique ［M］. op. cit., p. 97.

于这群人民，在面具之下寻求难以辨认的面孔"①。

　　桑戈尔一生当中经历过不少痛苦的时刻：1933 年，他的父亲去世；1948 年，他的母亲离世；1974 年 4 月，他的好友蓬皮杜病逝；1980 年 5 月，他的同胞阿利乌那·迪奥普（Alioune Diop）逝世；1981 年 6 月，他的儿子菲利普 – 马纪兰·桑戈尔（Philippe – Maguilen Senghor）也离开了他。面对这些生死离别，他从自己的宗教信仰中汲取无穷的力量渡过难关，一些《圣经》形象和有关天主教的隐喻时常会出现在他的诗作中。最能体现他虔诚天主教信仰的诗集是《主哀歌》，这部诗集里的七首诗都以"哀歌"为题，献给对他来说重要的人，其中包括他意外离世的儿子。

　　1981 年 6 月 7 日，菲利普 – 马纪兰·桑戈尔在一次意外中死亡，两年之后，桑戈尔为纪念自己挚爱的儿子写下《致菲利普 – 马纪兰·桑戈尔的哀歌》（Élégie pour Philippe – Maguilen Senghor）。这首诗可以说是桑戈尔所有诗歌作品中最富情感、最动人的诗。诗人失去挚爱的痛苦需要两年的时间才能舒缓，才能正视这场悲剧。在诗的开头，诗人直接表达无法接受爱子死亡的事实：

　　　　我对医生说："不！我的儿子没有死，这是不可能的。"

　　　　主啊，请原谅我，扫除我的亵渎，但这是不可能的。

　　　　不，不！被神眷顾的人不会英年早逝。

---

①　SENGHOR L S. *Œuvre poétique*［M］. *op. cit.*，p. 100.

不！你不是，一个忌妒的神，像巴力一样进食年轻男子。①

　　当桑戈尔得知爱子突然意外身亡时，无比心痛，正如他在诗中写道："当电话铃响时，心就如中枪一样?"②在他和夫人的眼中，他们的儿子是一个完美的孩子，是塞内加尔年轻人的典范，是塞内加尔人民亲爱的孩子。对于他的夫人来说，菲利普更是其生命中无比重要的人，"他是其母亲的生命和生存的理由，是黑夜与生命的守护灯"③。桑戈尔不相信自己的儿子如此年轻就丧失了性命，痛心与无奈之时向神质问。诗人痛苦至极，只能在宗教信仰中寻求安慰。菲利普意外死亡的那天刚好是五旬节，"然而那天是 6 月 7 日，是五旬节"④，五旬节又称圣灵降临节，被定于复活节后的第 50 天，是教会用来庆祝圣灵被赐给使徒们的节日。在这一宗教节日里失去生命，诗人认为是上帝的安排，上帝选择最优秀的人作为祭品，爱子为救赎塞内加尔人民而献出自己的生命。作为虔诚的天主教徒，诗人将自己失去爱子比作《圣经》里亚伯拉罕为表示对上帝的真心而要献上自己的亲生骨肉：

　　但你已请求，爱之子，

　　救赎我们叛逆的人民

---

① SENGHOR L S. *Œuvre poétique*［M］. *op. cit.*, p. 295.
② SENGHOR L S. *Œuvre poétique*［M］. *op. cit.*, p. 294.
③ SENGHOR L S. *Œuvre poétique*［M］. *op. cit.*, p. 295.
④ SENGHOR L S. *Œuvre poétique*［M］. *op. cit.*, p. 294.

好像三百年的贩卖对你来说还不够，

可怕的亚伯拉罕之神啊！①

菲利普为救赎自己的人民而死，举行遗体告别仪式时，四面八方各个职业、各个阶层的人都来为他送行：

在春天的花朵下，在棕榈一般的歌声下

他的人民结队为他送行

所有人编织成紧密的花环

牧师和隐士，职员工人，

友国的代表

当然还有名人；我说这是从深处浮出的

塞内加尔：

农民渔民牧人，还有所有

自称无衣的青年

从巴克尔到邦达法西，从那迪亚拉卡而和那迪永戈罗尔

直到红角。②

既然爱子的死无法挽回，桑戈尔希望爱子升入天堂，获得永生：

---

① SENGHOR L S. *Œuvre poétique* ［M］. *op. cit.*, p. 295.
② SENGHOR L S. *Œuvre poétique* ［M］. *op. cit.*, p. 296 – 297.

愿在复活的那天，我们的孩子升起黎明的曙光

在美的变容中！①

据《圣经》记载，耶稣基督就是被钉在十字架上三天后从死里复活。在基督教中，人在死亡之后，灵魂会复活到天堂或地狱。"升起黎明的曙光"以及诗的最后一句都表明桑戈尔为爱子升入天堂而祈祷：

当我听到升入天堂时：偷走，偷走，

偷去给耶稣！②

第二节　乌·塔姆西

虽然乌·塔姆西不是一个虔诚的基督教徒，但他熟读《圣经》，在其诗作中，多次运用"耶稣"的意象，给予这个意象丰富的含义，抒发其饱满的情感。在法国求学时，乌·塔姆西接触了法国诗歌，并深深喜欢上象征主义代表诗人兰波的诗歌。他 24 岁时发表的第一部诗集《坏血统》，就深受兰波诗歌的影响，之后创作的诗歌多多少少也有兰

---

① SENGHOR L S. *Œuvre poétique*［M］. *op. cit.*, p. 296.
② SENGHOR L S. *Œuvre poétique*［M］. *op. cit.*, p. 299.

波诗歌的印记，因此他有"黑人兰波"①（Rimbaud noir）之称。

一、"耶稣"意象

在基督教中，耶稣是上帝之子，是救世主。根据《圣经》记载，耶稣的一个门徒加略人犹大以 30 块银币将耶稣出卖，在逾越节前夜，耶稣在耶路撒冷城郊橄榄山上的客西马尼园被非法逮捕，随后遭到非法刑讯和非法审判，被交给罗马帝国犹大省总督本丢彼拉多；彼拉多迫于压力，释放了强盗巴拿巴，而将耶稣押到城郊名叫各各他的地方，钉死在十字架上。耶稣为了全人类的罪被钉死在十字架上，第三天复活、并向门徒显现 40 天后升天，预言他必在世界穷尽的审判之日在荣光中降临，建立荣耀的天国，给"善"带来最后的胜利。耶稣象征着重生和希望。

帕特里斯·卢蒙巴是刚果民主共和国的缔造者之一。1960 年 6 月刚果宣布独立后，卢蒙巴任共和国总理兼国防部长。他坚决反对分裂刚果，主张国家独立和统一，奉行反帝反殖和不结盟政策，为捍卫国家独立统一与新老殖民主义和分裂势力进行了顽强的斗争。1960 年 9 月其政权被推翻，后被他的前副手约瑟夫·蒙博托（Joseph Mobutu）上校出卖，被捕遇害，成为新殖民主义阴谋的受害者、刚果独立的殉难者。卢蒙巴之死在刚果大部分地区引发巨大震动，在世界范围内激起抗议浪潮。乌·塔姆西在其诗作中，将卢蒙巴的形象和他梦想中统一的刚果融

---

① 法国学者乔艾尔·普兰克（Joël Planque）在他 2000 年出版的乌·塔姆西的传记《黑人兰波——契卡雅·乌·塔姆西》（*Le Rimbaud noir. Tchicaya U Tam'si*）中将这位诗人称为"黑人兰波"。

为一体，将自己对祖国的热爱以及面对祖国苦难历史和悲惨命运所产生的失望、痛苦和愤怒渗透进每一句诗里。

　　如同耶稣一般，卢蒙巴是刚果人民创造新世界的希望，被其亲信蒙博托背叛最后被暗杀。在诗集《肚子》中，乌·塔姆西将卢蒙巴的形象和耶稣的形象融为一体，突出其被背叛的形象：

　　　　他将坐在奥基多的右边

　　　　啊！犹太人很清楚地知道

　　　　救世主在待售中

　　　　三个银币 ①

　　奥基多是卢蒙巴身边不幸的同伴之一，他就像耶稣旁边的使徒，此处的"救世主"隐射卢蒙巴，只需"三个银币"就可买下，呼应了犹大为 30 个银币将耶稣出卖给罗马政府的故事，也再次强调卢蒙巴被人出卖而遭遇不幸的事实。诗人面对这个悲惨的史实，不禁回想起 1960 年 6 月 30 日，刚果人民载歌载舞庆祝国家独立的日子：

　　　　快乐像血一样

　　　　流经金沙萨

　　　　曲径般的沟渠!②

---

① U TAM'SI T. *Le Ventre suivi de Le Pain ou la Cendre* ［M］. *op. cit.*, p. 21.

② U TAM'SI T. *Le Ventre suivi de Le Pain ou la Cendre* ［M］. *op. cit.*, p. 34.

就像耶稣在鲜血中建立了基督教的时代，卢蒙巴牺牲自己的生命以争取刚果的统一和独立。刚果的独立是用无数鲜血换来的，刚果人民赢得自由的欢乐是建立在同胞们的血肉之躯上，欢乐之时不能忘记为国捐躯的英雄们。

刚果的历史和耶稣的经历相似，都充满了诸多磨难，于是乌·塔姆西将两者结合，刚果犹如《圣经》中的圣土：

> 我为你的荣耀饮酒，我的上帝
>
> 你让我如此伤心
>
> 你给我不会自酿烧酒的人民
>
> 为你的欢喜我要饮下何酒
>
> 在这片不是葡萄园的土地上
>
> 在这片沙漠中，所有的灌木丛都是仙人掌
>
> ……①

耶稣在最后的晚餐上用葡萄酒来招待自己的门徒，跟他的门徒说，"面包是我的肉，葡萄酒是我的血"。基督教在举行宗教仪式时，必然要用到葡萄酒，信徒们通过品尝葡萄酒来纪念与回味耶稣基督为人类流血担罪。"这片不是葡萄园的土地"就是刚果，没有葡萄园，就没有葡萄

---

① U TAM'SI T. *Épitomé* ［M］. *op. cit.*, p. 61.

酒，就没有了"基督之血"，它原本是神圣的土地，但现在这片圣土失去了其神圣的本质。这里的"灌木丛"变成"仙人掌"意味着不会出现"燃烧的灌木丛"，也不会出现光明，暗指刚果所经历的黑暗沉重的历史。

这段黑暗沉重的历史就是西方殖民者奴役刚果人民的历史，想起这段历史，乌·塔姆西对基督教也产生了深深的质疑，难道它不是殖民主义侵略扩张的工具吗？从这个意义上说，基督不再是神圣的，"和资产阶级一起，你是多少肮脏的基督"①。

摆脱殖民统治的刚果仍陷入屠杀与战乱，政局动荡不安。1977 年 3 月 18 日，时任刚果总统、刚果劳动党创始人马里安·恩古瓦比（Marien Ngouabi）遇刺身亡。除了恩古瓦比，他的前任阿尔方斯·马桑巴·代巴（Alphonse Massamba Débat）和主教比晏达（Biayenda）均被刺杀。这些刺杀事件是政治斗争的结果，是为了获取政治权力而犯下的罪行。诗人对这样的祖国感到失望，并将这种失望写进诗里：

> 这个国家重新犯罪
>
> 污泥和鲜血模糊了三具尸体
>
> 一位神父和两位历经磨难的世俗人
>
> 用骰子作弊的人民欺骗并堕落
>
> 不要这种由只言片语和脱线的梦想构成的

---

① U TAM'SI T. *Épitomé* [M]. *op. cit.*, p. 62.

命运

哦哦社会主义！①

　　在乌·塔姆西看来，国家的独立来之不易，那些当权者们不是竭尽全力治理好国家，为国家谋求更好的发展，而是为了争夺权力要尽手段，甚至不惜犯罪达到自己的目的。刚果人民用生命铺就独立之路，用鲜血换来自由，可是在独立之后，政府的专制独裁统治让人民的自由成为"空头支票"，想到这里，诗人的情绪由失望变成愤怒：

　　　　应该死去，没有祖国的致敬

　　　　今晚的雨愈发肮脏

　　　　今晚厨房的气味不会飘散

　　　　于街头，当然有

　　　　宵禁但今晚

　　　　六点依旧哪都不会有

　　　　啤酒今晚黑暗是

　　　　不确定的 ②

　　诗人用反讽的口气说出"应该死去，没有祖国的致敬"，为祖国独立和人民自由奋斗献身的无数英雄，其中有不少死无葬身之地，包括卢

---

① U TAM'SI T. *Le Ventre suivi de Le Pain ou la Cendre* ［M］. *op. cit.*, p. 162.

② U TAM'SI T. *Le Ventre suivi de Le Pain ou la Cendre* ［M］. *op. cit.*, p. 164.

蒙巴和他的同伴们，遇难后他们的遗骸不知所踪，成为没有坟墓的英雄。在国家独立的十几年后，当局政府并未为人民创造一个安稳的环境，社会依旧动荡不安，人民的自由被限制，这对之前大义牺牲的英雄来说似乎是一种背叛：

> 我的爱已空去爱所有懦夫
>
> 我唾弃你的快乐
>
> ……
>
> 你的圣殿有商人贩卖你的十字架基督
>
> 我出卖我的黑人性
>
> 五法郎四行诗
>
> 随它去吧
>
> 折价的印度群岛。①

无论是宗教还是诗歌，都可以被出卖，甚至可以说，在乌·塔姆西的诗歌世界里，一切都可以被出卖，出卖是生活必然存在的一部分。没有出卖（罪行），就没有赎罪，没有犹大就没有耶稣，背叛和被背叛其实是一个人的两面。诗人的祖国就处于这个矛盾的中心，它被背叛的同时也背叛着它的人民：

---

① U TAM'SI T. *Épitomé* ［M］. *op. cit.*, p. 66.

> 刚果有假黑人
>
> 如果是基督徒，他们没那么靠得住
>
> 我为你的荣耀而死
>
> 因为你曾试图
>
> 让我如此悲伤 ①

二、兰波诗歌的影响

兰波是 19 世纪法国著名诗人，早期象征主义诗歌的代表人物，超现实主义诗歌的鼻祖。兰波的诗歌是乌·塔姆西的最爱，在他的诗歌中，乌·塔姆西看到了自己，找到了一种情感共鸣，或者说他通过兰波的诗歌实现了一种自我认知，在诗歌创作时不由自主地靠近兰波，并将其诗歌财富转化成为己所用的东西。兰波和乌·塔姆西都有着痛苦的童年，相似的经历也许是产生情感共鸣的原因。正如德国哲学家汉斯－格奥尔格·伽达默尔（Hans－Georg Gadamer）所言，"在异己的东西里认识自身、在异己的东西里感到是在自己的家，这就是精神的基本运动，这种精神的存在只是从他物出发向自己本身的返回"②。

在诗歌主题上，和兰波一样，乌·塔姆西选择"母亲"和"孩子"这两个重要的意象来抒发自己内心的痛苦和孤独；在诗歌理念上，乌·塔姆西秉承兰波剖视自己、探寻自我的精神，大量诗歌以第一人称

---

① U TAM'SI T. *Épitomé*［M］. *op. cit.*，p. 66.

② 汉斯－格奥尔格，伽达默尔·真理与方法［M］. 洪汉鼎，译. 上海：上海译文出版社，1999：17.

"我"来书写，通过"我"为"另一个"——非洲人民发声；在诗歌语言上，乌·塔姆西模仿兰波，通过专制性幻想，对感性现实进行强烈的变异，甚至摧毁，这种具有破坏性的冲击力给人一种迷失方向的感觉。

1. 痛苦与孤独并存

痛苦与孤独是兰波和乌·塔姆西的诗歌发酵剂。兰波自幼在家庭中体会到受压抑的痛苦。"严肃勤劳的母亲过多承担了父亲的角色，失去了母性的温柔，使得兰波对母亲无法亲近起来，时时刻刻想着远离。母亲以及女性经常出现在他的诗歌中，借以表达其痛苦和感受。"①兰波父亲在他六岁时离开家庭，由于父亲的抛弃，他的一生充满没有父亲的恐惧并且一直在寻找着父亲，"从诗歌中，在生活里，父亲的替代者不断出现，似乎在某种特定的时间或背景下填补了些许失去父亲的遗憾，但实质上却是更深刻的痛苦"。②可以说他的人生是一段逃离母亲和寻找父亲的旅程，他的诗歌也渗透了这段旅程中的辛酸与苦痛。正如他在第一首公开发表的诗《孤儿的新年礼物》（*Les Étrennes des orphelins*）中写道：

> 冬日清冽的寒风穿堂入室，
>
> 吹来一阵悲凉的寒气！
>
> 这时人们才发觉，屋里似乎缺少了什么……
>
> ——这两个孩子没有母亲，

---

① 梁敏. 逃离与叛逆：兰波及其诗歌研究［D］. 济南：山东大学，2016：9.

② 梁敏. 逃离与叛逆：兰波及其诗歌研究［D］. 济南：山东大学，2016：9.

没有甜甜微笑、脉脉含情的母亲?①

　　这里的孩子没有母亲，在诗人的想象中，他们的母亲是一位有"甜甜微笑，脉脉含情"的母亲。没有母亲的存在，而"父亲在很远的地方"②，原本温暖幸福的家变成了"一个苦涩的严冬里冰雪封冻的巢"③。在现实生活中，虽然诗人的母亲仍在身边，但他无法从强势又冷酷的母亲身上得到想要的温暖，他强烈地渴望母亲关爱却屡遭拒绝。他缺少的是一位温柔、笑容可掬的母亲，自己的家也如同诗中两个失去母亲的孩子的家那样冰冷、令人绝望。"没有父母，没有炉火，没有钥匙"④ "没有亲吻，没有甜蜜的惊喜"⑤。诗人亦能感受到失去母亲的孩子内心的悲伤，或者说这正是兰波内心的写照，是一种自悲自怜。

　　兰波对母爱的渴望化作对女性的渴望，而对女性的渴望最终也走向了憎恶，在不少涉及女性的诗歌中，他清楚地表明了这种态度，女性最终呈现的是负面的形象。例如在《我的小情人》(Mes petites amoureuses)中，他直言不讳，道出他对"小情人"的恨意："哦，我的小情人/我恨透了你们! /在你们丑陋的前胸，/挂着痛苦的伤痕!"⑥在《仁慈的姐妹》(Les Sœurs de charité)中，虽然前面的诗节描述了"青年"对"仁

---

① 阿尔蒂尔，兰波．兰波作品全集［M］．王以培，译．北京：作家出版社，2011：4.
② 阿尔蒂尔，兰波．兰波作品全集［M］．王以培，译．北京：作家出版社，2011：5.
③ 阿尔蒂尔，兰波．兰波作品全集［M］．王以培，译．北京：作家出版社，2011：4.
④ 阿尔蒂尔，兰波．兰波作品全集［M］．王以培，译．北京：作家出版社，2011：6.
⑤ 阿尔蒂尔，兰波．兰波作品全集［M］．王以培，译．北京：作家出版社，2011：6.
⑥ 阿尔蒂尔，兰波．兰波作品全集［M］．王以培，译．北京：作家出版社，2011：77.

慈姐妹"的渴慕，但依然对柔美秀丽的女性进行了否定：

> 然而女性啊，尽管你满心温柔怜悯，
>
> 但你不是，永远也不是仁慈的姐妹，
>
> 那盈盈秋波，阴影笼罩的美腹，
>
> 那纤纤玉指，美妙绝伦的双乳，全部都无济于事。①

　　兰波一直处于孤独当中，他在诗歌中直接书写孤独，而"孩子"是他表达孤独的一个突出的意象。他诗中的孩子多半是被抛弃的、孤独的。比如前面提到过的《孤儿的新年礼物》中的孩子，在新年这个本应尽享欢乐的节日里，他们却面临着失去母亲的凄凉："他们冥思苦想，碧蓝的大眼睛／默默滴落苦涩的泪水／他们喃喃自语：'妈妈什么时候回来？'"②在《童年》（Enfance）组诗的第一首中，第一个孩子的形象便是"没有父母、没有家园"③的黄毛黑眼睛的宠儿，在组诗的第四首中，"我"更是化为"被抛在茫茫沧海的堤岸"④的一个弃儿。《惊呆的孩子》（Les Effarés）这首诗的主角是五个衣衫褴褛、满身霜露的可怜孩子。这些孩子都是缺乏母爱关怀、深感孤独的兰波自我认知的

---

① 阿尔蒂尔，兰波．兰波作品全集［M］．王以培，译．北京：作家出版社，2011：99.

② 阿尔蒂尔，兰波．兰波作品全集［M］．王以培，译．北京：作家出版社，2011：6.

③ 阿尔蒂尔，兰波．兰波作品全集［M］．王以培，译．北京：作家出版社，2011：211.

④ 阿尔蒂尔，兰波．兰波作品全集［M］．王以培，译．北京：作家出版社，2011：213.

体现。

　　兰波诗中的痛苦与孤独，乌·塔姆西感同身受，他也选择通过诗歌将其释放和抒发出来。和兰波一样，乌·塔姆西也无法得到母爱的温暖，他自幼被迫与生母分离，之后跟随父亲和继母一起生活。父亲因工作的原因，长期不在身边，造成了父爱的缺失。尤其是跟随父亲到法国生活后，他在学校受到排挤，内心变得更加敏感，越发感到孤独。他认为自己不被人喜爱，被生母抛弃便是最好的例证，这种被母亲抛弃的痛苦一直萦绕着他，他不禁发出疑问：

　　　　她为什么不来

　　　　夜晚抱我去摇篮

　　　　我只有一张树叶铺成的床

　　　　容易被诱拐……①

　　此处的"她"是抛弃孩子的母亲，而"我"就是那个被遗弃的孩子。可怜的孩子只有一张用树叶铺成的床，足见孩子没有母亲的关怀，失去了庇护，暴露于危险之下。诗人就是这个孤立无援、幼小无助的孩子，随时可能被带走的境遇让他失去了安全感，面对被抛弃的现实不由心生怨念。于是母亲成了他想要靠近却十分陌生甚至厌弃的存在，诗中谈及母亲时使用第三人称，凸显了这种距离感和陌生感。

────────────

　　①　U TAM'SI T. *Épitomé*［M］. *op. cit.*, p. 66.

114

　　背井离乡的生活加深了乌·塔姆西的孤独，陌生的环境让他无所适从。他一只腿有残疾，这使他很少能和其他孩子们一起玩耍，即使有他想参加的活动也被禁止参加，大部分时间他都是独自一人待着。他童年的快乐好似被剥夺了，或者说他的童年被孤独侵占了，诗中那个孤独的孩子正是诗人自己：

　　　　陀螺旋转
　　　　不管它的华尔兹是什么
　　　　孩子独自看着
　　　　狗吠
　　　　……

　　　　我伸不开双手
　　　　不相信奇迹
　　　　不管我的华尔兹是什么
　　　　我闭上眼睛，
　　　　我将缺席
　　　　悲伤的生活，
　　　　孩子独自看着
　　　　陀螺旋转。①

---

①　U TAM'SI T. *Le Mauvais sang suivi de Feu de brousse et À triche – cœur* ［M］. *op. cit.*, p. 41.

　　诗中的孩子没有玩伴，陪伴他的只有旋转的陀螺。这旋转的陀螺好似跳着"华尔兹"，华尔兹让人联想到欢乐热闹的场景，和这首诗整体呈现的孤独氛围形成一种冲突，更加渲染了孩子的孤独感。他孑然一身，无人倾诉，独自承受着痛苦，想要逃离这无奈的现实，却又无能为力。他"不相信奇迹"，于是选择看着令人眩晕的旋转陀螺，在这给人梦幻感觉的"华尔兹"中，暂时逃离"悲伤的生活"。他"闭上眼睛"，思绪飘向想象的美好，只有在想象中，他才能拥有快乐的童年生活，不会被母亲抛弃，不会饱受孤独的煎熬。

　　但这想象的美好在残酷的现实面前是那么不堪一击，现实中，这个"孩子"不仅是孤独的，也是被讨厌和被欺凌的对象：

　　　　他们朝我吐痰，我还是个孩子，

　　　　双臂交叉，柔软的头部倾斜着，面貌和善，迟钝。

　　　　为了我的肉肚，我的眼睛在呼喊：施舍吧！

　　　　我是个孩子心在滴血。

　　　　……①

　　第一行诗勾勒出反差强烈的两方——强大的欺凌者和弱小的被欺凌者。被人吐痰，意味着被人侮辱，而受这侮辱的对象"还是个孩子"，

_____

　　① U TAM'SI T. *Le Mauvais sang suivi de Feu de brousse et À triche – cœur* ［M］. *op. cit.*, p. 31.

更显欺凌行为的野蛮和残忍。孩子没有自我保护的能力，虽然交叉双臂以示防御，但依旧没有办法反抗，只能逆来顺受，甚至连言语的自由都被剥夺，只好通过眼神来求饶。这种欺凌行为无疑给孩子带来了极大的心理伤害，他承受了本不该承受的痛苦。这个孩子亦是乌·塔姆西的写照，被人凌辱的伤害加剧了他童年的痛苦，让他更加确认自己是个被人讨厌、遭人唾弃的存在。

2. "我"与"另一个"

兰波将诗歌作为探索的工具，提出"我是另一个"的诗学概念，并指出"我"的身份在不停地变化，当"我"变成"另一个"以后，"通过'我'来发言的'另一个'除了代表那个深刻的我、下意识的我以外，他还应该是存在于我身上的'非我'，即客观世界，整个现实社会，其中包括它的交流工具——语言"①。乌·塔姆西受此诗学概念的影响，大部分诗歌使用第一人称，用"我"来表达自我的同时，也为"另一个"深刻的"我"——非洲人民发声，揭露非洲人民的苦难，与自我、非洲人民甚至全人类对话。

乌·塔姆西的第一部诗集《坏血统》名称来源于兰波《地狱一季》（*Une saison en enfer*）里的第一首诗《坏血统》。兰波在这首诗里呈现的"我"在世界这个牢笼里痛苦挣扎，看透人类的残酷性和愚昧性，陷入灵魂的苦闷，因为清醒比盲目更痛苦，"我甚至没有一个伙伴。我看见自己站在激怒的人群面前，面对行刑队，我哭泣并请求宽恕，而我的不

---

① 李建英．"我是另一个"——论兰波的通灵说［J］．外国文学评论，2013（01）：143.

幸他们无法理解"①。"我"无比渴望自由，想要逃离，却又陷入自身精
神的搏斗。在非洲民族语言维利语里，"坏血统"意为"被诅咒的人"，
而在法语里，固定词组"拥有坏血统"（avoir un mauvais sang），有倒
霉、走厄运的意思。乌·塔姆西借用兰波这首诗的题目来命名整部诗
集，是通过贬低自己的出身，来讽刺自己不幸的命运。他认为自己是一
个被诅咒的人，在这部诗集里表达陷入苦闷的"我"，嘶喊自己的痛
苦，控诉自己的命运：

　　　　唱出你的歌——坏血统——如何生活
　　　　……

　　　　我将成为海鸥不幸死去
　　　　升起的大绞刑架可减少痛苦
　　　　把我带向高处高兴得穿着花衣服

　　　　为不幸哭泣让钻石黯然失色
　　　　你的血统打击着你，哦我的心高声呼喊
　　　　歌声揭穿我是手工的黑色的太阳之子。②

---

① 阿尔蒂尔，兰波. 兰波作品全集［M］. 王以培，译. 北京：作家出版社，2011：
　178.

② U TAM'SI T. *Le Mauvais sang suivi de Feu de brousse et À triche – cœur*［M］. *op. cit.*，p.
　11.

　　这首诗以命令的语气开始，命令或请求"你"唱出自己的歌，唱出自己的歌其实是讲出自己的故事，抒发自己的情感。而"你"是谁呢？很明显，这里的"你"是紧随其后的"坏血统"，也就是诗人自己。诗人在经历过痛苦的煎熬后，发出了深深的疑问，"如何生活"？生活对于他而言，太过沉重和艰辛，他带着对幸福生活的向往前行，但被残忍的现实打击，不禁陷入疑惑当中，一个"被诅咒的人"到底要如何面对生活？

　　诗人将自己比作"海鸥"，搏击风浪，勇于拼搏，但最终还是不幸死去。生活就像一个"大绞刑架"将他"带向高处"，他承受着生活的残暴，承受着命运的痛苦。诗人为自己不幸的命运哭泣，悲怆之情致使闪闪发光的钻石在他眼中都失去了夺目的光彩。他为自己疾呼，想要摆脱这命运，可是无济于事，因为他的"坏血统"决定着他的命运，他的命运早已被写下。最后一句点出他的身份——"黑色的太阳之子"，黑人的血统是他不幸命运的根源，看似诗人清醒地认识到自己不幸的原因，实则是一种讽刺，一种控诉，正如在诗集的最后一首诗《坏血统的迹象》（*Le Signe du mauvais sang*）里诗人质问道："我是人我是黑人为什么这会带来失望的意义？"①这句诗中间没有任何标点符号，所有疑问显得很急促，很强烈，诗人迫不及待想知道答案，却又无法找寻答案，抑或这根本就是他对命运不公的反抗，他清楚地知道这本是不应存在的问题。"我是黑人"，此处的"我"不仅是诗人自己，更代表了广

---

　　①　U TAM'SI T. *Le Mauvais sang suivi de Feu de brousse et À triche-cœur* ［M］. *op. cit.*, p. 45.

大的非洲人民，非洲人民也是被诅咒的，经历了黑暗屈辱的历史，"我"发出的质疑也是"另一个"内心深处的呼喊：非洲人民所经历的苦难难道是命中注定的吗？非洲人民难道就不能拥有幸福的明天吗？

　　作为诗人，乌·塔姆西深知自身肩负的历史使命和社会责任，通过诗歌，他对非洲的历史进行反思，关注非洲未来的发展，肯定非洲传统文化价值，试图唤起非洲人民的自我意识，为改变自己被奴役的命运而抗争：

　　　　我忏悔
　　　　我有恶习
　　　　但我可以
　　　　忍受
　　　　有人在父母
　　　　面前
　　　　鞭打孩子吗
　　　　……
　　　　今晚武装我的人民
　　　　抵抗命运
　　　　…… ①

---

①　U TAM'SI T. *Le Mauvais sang suivi de Feu de brousse et À triche – cœur* ［M］. *op. cit.*, p. 71 – 73.

　　诗人清醒地意识到包含"我"在内的非洲人民有自己的恶习陋俗，但这并不意味着他们应该受到歧视和压迫。西方殖民者将非洲大陆贬低为根本没有历史和文化的大陆，非洲人民是愚昧无知的低劣种族，此类种族歧视的谬论在全世界大肆传播，影响恶劣，非洲人民逐渐丧失了民族自尊心和自信心，"以白人文化为高贵之代名词，以黑人皮肤为低贱耻辱的象征，成为在世界上也在非洲黑人间流行的观念"①。在 20 世纪非洲大陆的民族解放运动中，这些种族主义谬论压抑着非洲人民的反抗精神和独立意识，成为非洲人民获得真正自由解放的精神障碍。非洲人民想要摆脱西方殖民统治获得独立、自由和新生，就必须起来反抗，而反抗成功的关键在于非洲人民自我意识的觉醒。只有自我意识的觉醒才能清除非洲人民的精神障碍，有效地抵抗西方殖民统治和西方文化征服，争取自身、民族乃至整个非洲大陆的解放和独立。乌·塔姆西以诗歌为有力工具，号召非洲人民重新意识到自己的尊严、价值和权利，反抗殖民主义和种族主义的压迫奴役，争取自由平等。

　　3. 被想象幻化的语言

　　乌·塔姆西在诗歌语言上也受到兰波诗歌的影响。兰波的诗歌语言打破传统，创造了一种新的诗歌语言。他提出通灵人观点和语言炼金术的方法，这种语言炼金术"通过正常的理性的安排，发现通感现象，将不同层次的思想沟通起来；这种语言不仅是意识沟通的工具或简单的思想再现，而且要把字句和意象混合起来，以显示人的精神状态，最大

---

　　① 刘鸿武. 非洲文化与当代发展［M］. 北京：人民出版社，2014：237.

限度地表达人的心境"①。

自兰波开始诗歌主体和经验自我的异常分离，他"翻腾搅拌地将现实变异，渴求着奔赴远方"②。在他笔下，"美"不是单独存在的，而是与"丑"毗邻，"美和丑不再是对立的价值，而是刺激的不同变体。"③。"丑"拥有对感性现实进行最剧烈变异的能量，通过变异，事实上不可结合之物获得了感性质量，形成了一种非现实的构成物。现实中的事物不再指向本身，而是追随一种摧毁动力，这种动力"推移了现实的形体界限，强行合并现实的极端对立面，让现实本身成了遭受感性刺激也制造感性刺激的陌生者"。④

兰波的诗歌充满了专制性幻想。专制性幻想其实是指某种强力幻想，不以感受与描述来进行，它"拥有不受限制的创新自由"⑤。借助这种幻想，诗人可以颠覆空间秩序，颠覆人与物之间的正常关系。它搅乱现实，丢弃现实，以创造出新的超现实。无论是感性非现实还是专制性幻想，它们都是颠覆了现实实有的秩序和实在的关系，迎合人们内心的强烈愿望，从而让诗歌更加撼动人心。正如外国文学研究专家郑克鲁指出，兰波的诗歌语言时而充满了古怪奇特的意象，时而具有难以捉摸

---

① 郑克鲁. 法国诗歌史［M］. 北京：商务印书馆，2018：228.
② 胡戈，弗里德里希. 现代诗歌的结构：19 世纪中期至 20 世纪中期的抒情诗［M］. 李双志，译. 南京：译林出版社，2010：62.
③ 胡戈，弗里德里希. 现代诗歌的结构：19 世纪中期至 20 世纪中期的抒情诗［M］. 李双志，译. 南京：译林出版社，2010：64.
④ 胡戈，弗里德里希. 现代诗歌的结构：19 世纪中期至 20 世纪中期的抒情诗［M］. 李双志，译. 南京：译林出版社，2010：67.
⑤ 胡戈，弗里德里希. 现代诗歌的结构：19 世纪中期至 20 世纪中期的抒情诗［M］. 李双志，译. 南京：译林出版社，2010：68.

的节奏，"由于词汇的光怪陆离，形式的紧凑简洁，声音的和谐美妙，给人以新奇的印象。"① "这种语言来自灵魂并为了灵魂，包容一切：芳香、音调和色彩，并通过思想的碰撞放射光芒"。②

兰波最有名的两首诗《元音》（*Voyelles*）和《醉舟》（*Le Bateau ivre*）充分体现了他的诗歌理论和艺术。在《元音》中，兰波运用象征性与幻想将五个元音 A、E、I、U、O 与黑、白、红、绿、蓝这五种颜色连接起来，把形状、色彩、味道、音响和运动等要素交织起来，使人的内心世界和客观外在世界以及人的各种感官相通相连，达到一种艺术自由的境界。在《醉舟》一诗中，喝得酩酊大醉的"我"乘一叶似乎也醉了的小舟，顺着河道流进了大海，开启了一场无拘无束、自由自在的奇异旅程。在这场旅程中，诗人尽情张开想象的翅膀，怪异的景象层出不穷，多重时空交错、跳跃，诗人的沉思在感官的体验和感悟之间不停转换；通过这些幻象诗人建立了一个专属于自己的内心世界，追寻个体生命存在和时空的关系：

　　　　冰川，银亮的阳光，珍珠色的碧波，

　　　　赤色苍天！棕色海湾深处艰涩的沙滩上，

　　　　虫蛀的巨蟒从扭曲的树枝间坠落，

　　　　发出迷人的黑色幽香！

　　　　……

---

① 郑克鲁. 法国诗歌史［M］. 北京：商务印书馆，2018：228.
② 李夏裔. 简析关于"通灵人"的两封信［J］. 法国研究，1988（02）：39.

> 我看见恒星的群岛，岛上
>
> 迷狂的苍天向着航海者敞开胸怀：
>
> 你就在这无底的深夜安睡、流放？
>
> 夜间金鸟成群地飞翔，哦，那便是蓬勃的未来？①
>
> ……

　　兰波将诗歌带入纯粹自由的世界。诗歌透过客观事物的表面现象揭示人的主观感受，具体的形象可以表现抽象的概念和精神世界；语言从狭隘的现实中脱离出来，通过诗人超常的生命感官体验和想象力，利用各种语言组合构成独特的外在形象，表达变化多端的内心世界，呈现一种超现实的出人意料的艺术效果。从创作手法的角度而言，兰波善于"通过夸张、变形的象征物，一同放置在时空剪辑的背景空间里，形成一种反自然形态的夸张和变形"②。这种夸张和变形突破了传统表达，完全听命于个人的感官感受，并将人的感受和感情放大，以达到一种震撼的效果，比如，在《幻》（*Fantaisie*）一诗中，诗人写道："星星向你的耳心泣出玫瑰红，/浩渺无垠在你的脖颈与腰髋间/将皎皎之色涌动；/大海在你红色的乳突上滴着棕红的晶莹，/人类在你神圣的肋边如黑色的血凝。"

---

① 阿尔蒂尔，兰波. 兰波作品全集［M］. 王以培，译. 北京：作家出版社，2011：130－131.

② 吴晓川. 兰波诗歌的感官化与象征化探微［J］. 西华师范大学学报（哲学社会科学版），2013（05）：20.

乌·塔姆西在兰波的诗歌中感受到了他的诗情和追求及其诗歌语言的魅力，在诗歌创作过程中，他也尝试着用自己的想象突破日常生活用词习惯的界限，将现实变形甚至变异，力求一种新奇的效果，来表达对生活的反叛和逃离，例如《末日》一诗：

> 梦想没有更好的钥匙
>
> 我的名字歌唱一只鸟
>
> 在血泊中
>
> 旁边的大海跳起舞
>
> 穿着蓝色牛仔裤
>
> 嘴巴撕裂着吵闹的海鸥 ①

这节诗中每一句词语组合都别出心裁，出人意料，在诗人想象的发酵下，原本抽象抑或没有生命的物体瞬间变得生动活泼，富有动感。所有词语都是人们常见的事物，在诗人重新搭配组合下，打破了日常的语言逻辑，这种对常规常识的偏离给予语言新的生命力，造成了语言理解与感受上的陌生感，变习见为新异，传递着鲜活的感受。在之后的诗节中，诗人虽然没有继续这种新奇的语言创造，但通过构筑梦境穿越时空，进入一个不寻常的场景：

---

① U TAM'SI T. *Le Mauvais sang suivi de Feu de brousse et À triche – cœur* ［M］. *op. cit.*，
p. 107.

男人和鸟儿唱歌

花了三天三夜

来穿过

肮脏的河床

听

波涛摇晃着船夫

他睡着了

他在做梦

乱葬坑开启盛宴

人们先吃他的内脏

再吃他的手臂然后吃他的记忆 ①

　　诗人借助船夫的梦境展现出一幅充满暴力非真实的画面，乱葬坑里正进行着吃人的"盛宴"，这恐怖血腥的一幕与之前波涛摇晃船夫安睡的一幕形成精巧的张力，这种不和谐感引人注意，激发起更深刻的想象维度。此处的梦境并非是诗人随意编造出来的，它承载着诗人对历史的审视。诗人没有赤裸裸地揭露刚果最黑暗的一段历史，而是通过梦境将世人的注意力指向这段历史。"肮脏的河床"表明刚果的母亲河刚果河被玷污，亦象征着刚果被侮辱；乱葬坑的盛宴直指西方殖民者在刚果的暴行，刚果究竟被蚕食到何种程度？船夫的梦境给出了形象的答案：被

---

　　① U TAM'SI T. *Le Mauvais sang suivi de Feu de brousse et À triche – cœur* ［M］. *op. cit.*，
　　　 p. 108.

吃掉"内脏"和"手臂",意味着生命的终结;被吃掉"记忆",意味着对历史记忆的抹杀。殖民者对刚果的入侵和统治,刚果不仅损失了大量的人口,本地的历史和文化进程也被强力打断,有些传统和文明甚至消失湮没。在这个梦境的深处埋藏着诗人的悲伤和愤怒,他意图通过夸张化的暴力场景激发读者的感官感受,放大感官的不舒适感,让对这段历史没有深刻认识感悟的读者能切实体会殖民掠夺的野蛮残暴与殖民地人民的悲惨境遇。

在《昧心》中,乌·塔姆西同样通过充满创意的语言组合呈现出不可思议的世界:

我在开满星星

的田野上播种

它的围墙是一条河

当鹦鹉说话时

鳄鱼笑了

这是与河里的淤泥

一样的苦笑

野猪在做梦

蔚蓝的天空下

它在野猪巢里

树木倒下了

> 它们的汁液将沉默
>
> 黏在肌肤上
>
> 没有改变世界 ①

　　"在开满星星的田野上播种"打破了人们对田野的一般认识，将原本属于天空的"星星"和地上的"田野"结合，词与词的撞击唤醒并更新人们对周围世界的情感体验。"河里的淤泥"也拥有"苦笑"，两者的搭配给人一种新鲜感、奇特感，违背了语言逻辑却没有违背情感逻辑，"淤泥"的肮脏给予的不舒适感与勉强挤出的"苦笑"所包含的不愉快暗暗契合，新颖别致。乌·塔姆西喜欢借用自然，尤其是动植物等词汇来表达自身的情感，此处借用"野猪"的梦境暗指现实世界，抒发诗人对现实的失望：非洲常见的动物"野猪"代表着非洲人民，他们原本在宁静祥和的非洲大陆上过着平静的生活；"倒下的树木"象征着外来者对非洲家园的入侵和破坏，而面对这种入侵和破坏，人们选择了沉默，这种沉默对于诗人而言或许是一种对故土的背叛。这些稍显混乱且具有跳跃性的文字流动着诗人的思想，读者可在对词语的捕捉中激活个人的感受，发现事物的本质，亦可尝试体会诗人寻求文字偶然性和创造性的乐趣。

　　兰波在诗歌中运用丑陋甚至恐怖的意象在"文本和读者之间造成

---

　　① 　U TAM'SI T. *Le Mauvais sang suivi de Feu de brousse et À triche – cœur* ［M］. *op. cit.*, p. 115.

惊恐的戏剧效果"①。通过其不羁的想象力和大胆的语言，将现实的事物发生变异，诗中的悚然之物构成了一种极具强度的张力。在《吊死鬼舞会》（*Bal des Pendus*）中，"一群骷髅"成为诗人的描写之物，其营造出的恐怖气氛给予读者一种感官刺激：

> 乌拉！北风在骷髅的舞会上呼啸！
> 黑色绞刑架像铁质的管风琴一样哼哼嚎叫！
> 狼群的回应来自紫色森林中，
> 地平线上，天空辉映着地狱的深红……
> ……
>
> 哦！在这群骷髅的舞蹈之中，
> 一具疯狂巨大的骨骼蹿入红色天空，
> 像一匹愤怒的野马，抑制不住冲动：
> 却依然感觉到脖子上坚硬的缰绳。②

现实生活中没有生命的"骷髅"在诗人想象的发酵下，变成了活灵活现的"魔鬼骑士"，并举办狂热的"舞会"。诗中充满了对"舞

① 胡戈，弗里德里希. 现代诗歌的结构：19 世纪中期至 20 世纪中期的抒情诗［M］. 李双志，译. 南京：译林出版社，2010：64.
② 阿尔蒂尔，兰波. 兰波作品全集［M］. 王以培，译. 北京：作家出版社，2011：24－25.

会"细致的描绘，古怪奇特的意象从听觉和视觉上刺激着读者："黑色绞刑架的哞哞嚎叫""狼群的回应"这些令人悚然的声音配合着"紫色森林"以及"辉映地狱深红的天空"等视觉冲击，勾勒出阴森却富有激情的一幕。这些"骷髅"的兴奋、冲动何尝不暗示着诗人自身的激情？这些意象和字句结合，揭示了诗人的精神状态，表达了诗人的心境，虽然呈现的是一个虚幻的世界，但可以说是现实世界的一种变形或者异化。诗中这具疯狂巨大的骷髅，躁动如愤怒的野马，却依然摆脱不了脖子上的缰绳，其实是现实中诗人的写照。现实生活中失败的经历给予兰波理想的幻灭，他沉醉在虚幻的世界中，对现实的不满和反抗情绪也隐藏其中，虚幻世界的丑陋和恐怖在一定程度上也映射出现实世界的丑陋和恐怖。

兰波诗歌中的丑陋和恐怖不仅通过新奇的意象来传达，有时也通过文字直接暴力地表达出来，例如在《耻辱》（*Honte*）一诗中：

> 啊！他，真该割掉
>
> 他的鼻子、嘴唇、耳朵，
>
> 剖开他的肚子，卸掉
>
> 他的大腿！哦，太棒了！

> 但是，不；真的，我想
>
> 该用刀砍他的头，
>
> 用石头砸他的腰，

用火烧他的肚肠，

……①

诗中的词汇都是众人熟知的身体部位，和各种动词一起使用却构成了一幅暴力血腥的画面，这种对鲜活身体的肢解是诗人对耻辱的一种具象表达。这或许是诗人的一种梦境，是诗人内心世界冲突的一种写照，这种冲突是某种道德或文学的秩序与诗人的反叛之间的冲突，或者说是诗人理想的自我与真实世界之间的冲突。这种冲突导致的痛苦通过身体遭受的暴力对待表达出来，由此产生的耻辱其实是真实自我与理想自我拉扯生成的一种张力，它意味着自我的失败，也是现实与理想不可调和的产物。诗中那个"还没行动，讨厌的孩子"指的就是兰波自己，他好似在讲述自己的故事，诉说自己的感受，童年不可避免的伤口和情感经历让他时常思考有关自我存在的问题。诗中呈现的耻辱是明显的，也是隐晦的。说它明显是因为文字的暴力给予读者的冲击指向的是耻辱感给予诗人的冲击，说它隐晦是因为如果不了解诗人的经历和心境就无法体会藏于文字后的情感奥秘。

乌·塔姆西的诗歌在气质上与兰波的诗歌有相通之处，有时散发着悲观的气息，有时显现出暴力的一面。这种暴力夹杂着丑陋，给人一种极度不舒适感，甚至是压抑感。他同样通过对现实元素进行紧缩、省略、移置和重新组合来创造出一种超现实，通过丑陋来挑衅自然美感，

---

① 阿尔蒂尔，兰波. 兰波作品全集［M］. 王以培，译. 北京：作家出版社，2011：166.

如兰波般，制造出文本和读者之间惊恐的戏剧效果。比如在《如同在蒙塞居尔》（*Comme à Montsegur*）一诗中，诗人重新组合生活中的常见之物，尤其是有关身体的词汇，制造出丑陋暴力：

> 在你的粪便中我看见
>
> 一颗被手撕裂的心
>
> 背上种着钩形的指甲
>
> 火之刀尖在你
>
> 眼睛的虹膜上刻下宽恕。①

这节诗出现的所有词汇都是平庸之物，却不是对现实的重现。经过诗人想象的加工，显明之物与想象之物相连，形成了令人毛骨悚然的图像：被手撕裂的心，种有钩形指甲的背，在虹膜上刻字的刀尖。在短短五行诗里，锐利的词汇密集出现，给人以粗暴的冲击力。借助专制性幻想，诗人创造了一个扭曲了的、不再熟悉的残忍世界，或者说制造出一种暴力的节奏，一个新的超现实。

"血"意象是乌·塔姆西诗中常见的意象，血与生命息息相关，诗中的某种暴力也是与"血"紧密相连的。例如在诗集《肚子》的第一首诗《珍宝》（*Le Trésor*）中，生与死都通过"血"来表现：

---

① U TAM'SI T. *Le Ventre suivi de Le Pain ou la Cendre*［M］. *op. cit.*, p.49.

132

人们经常看到

爱将背转向心！

为了惩罚它，血液在草地上

比在血管中

流动得更快！①

　　在血管中流淌的"血"象征着生命，在草地上流动的"血"意味着人体血液的流失，即代表了死亡，血液在草地上的快速流动说明了大量生命的消逝。虽然诗人并没有具体描绘无数生命就此断送的惨象，但读者只需细细品读这几句诗，便可想象出诗人想要传达的血流成河的场景。而这场景在《荒芜的身体》（Le Corps en friche）中再次呈现，"鲜红的血流／迎来另一个洪水的时代"②。被血侵袭的大地不正是诗人的祖国刚果吗？尸体成堆，血流成河是刚果真正经历的历史，刚果曾经遭受的暴力远比诗中呈现的来得更为猛烈。

　　有时乌·塔姆西会将文本从实物中抽离出来，将抽象的编织物置于图像内容之上，造成晦涩难懂的效果。例如《珍宝》的前几行诗，诗歌内容并不是在实物中进行，而是在语言中展开的：

不。

我说：不。

---

①　U TAM'SI T. *Le Ventre suivi de Le Pain ou la Cendre* ［M］. *op. cit.*，p. 13.

②　U TAM'SI T. *Le Ventre suivi de Le Pain ou la Cendre* ［M］. *op. cit.*，p. 69.

月亮想要变成圆的。

不回答：不。

自称是肚子。

肚子说：不。①

　　这节诗脱离了现实秩序，甚至有些荒诞。内容晦涩难懂，让读者迷惑。否定词"不"反复出现，从表面上看，这节诗充斥着语义的否定，但因它跳出了逻辑的限制，与现实的联系被摧毁，简单的句子也成为无法理解之物，产生一种全然的陌生感。"不"像一个周期循环出现在诗中，形成语言音调的律动，正如在兰波的语言魔术中，词语失去了直接传达意义的作用，而是通过音调的节奏发挥出不同寻常的魔力，释放出非逻辑的力量。

第三节　塔蒂·卢塔尔

　　相对于桑戈尔和乌·塔姆西的诗歌，外来文化在塔蒂·卢塔尔的诗歌中留下的痕迹较少。"上帝""天使""地狱"等基督教词汇在诗中偶有出现，但从整体上来说，他的诗歌深深扎根于祖国大地和非洲大陆，面对法国强大的诗歌传统，依旧保持了自己鲜明的诗歌风格，坚守

---

　　①　U TAM'SI T. *Le Ventre suivi de Le Pain ou la Cendre* ［M］. *op. cit.*, p. 13.

"及物"的自然诗学。在强势的外来文化面前，更加意识到自己文化的重要性，或许这是外来文化对他诗歌创作另一种方式的影响。

一、"及物"的自然诗学

在塔蒂·卢塔尔的诗歌中，在从一而终的抒情主体"我"的驱动下，记忆和情感在磨炼着他手中故乡的自然之物，爆发出属于存在的诗歌力量。诗中"我"的生命和故乡自然之物的连接与融合再次体现了诗人和故乡的紧密联系。诗中的自然之物都是及物的，例如这首《力量与纯洁》(*Force et pureté*)：

> 在知道有水龙头的生活以前
>
> 我都喝大西洋池里的水
>
> 我像发情的动物到处找寻海洋
>
> 耗尽全部精力
>
> 这河还与我的生命相连
>
> 还不能唤醒我自己 ①

在这首诗中，诗人没有使用任何隐喻，所有的词语都指向了生活中真实存在的事物，不存在专制性幻想，或者多义性的暗示，作者就是作为个人在写作，抒发自己生活经验里获得的情感和思考。在塔蒂·卢塔

---

① TATI LOUTARD J B. *Œuvres poétiques. op. cit.*, p. 363 – 364.

尔的诗歌世界中，自然之物大多不是对现实的变异和颠覆，它是直观可感的，是记忆与现实中的故乡不可分割的部分，是表现内心世界的重要载体；故乡不仅是自然的天堂，也是乡亲们赖以生存的家园，在那里人与自然沟通互融、和谐共生。故乡的自然之物在诗人笔下往往富有灵性，对故乡、对祖国的爱正是这份灵性的源泉。抒情主体"我"在与自然的交流与对话中，精神得到了满足，情感得到了释放。《刚果根》中一首《刚果的雨》（*Pluies congolaises*）很好地体现了这一点：

> 刚果的雨
>
> 来吧雨！走向我；
>
> 在你的云层中快速包裹太阳；
>
> 它不会炸裂在你细长的腿间！
>
> 环绕我的房子我的铁皮房，
>
> 摇晃并拍击你的翅膀
>
> 像夜行的鸟一样。
>
> ……
>
> 来吧刚果的雨！走向我。①

这首诗也是以"回到刚果"为主题，诗人与祖国的"雨"对话，洋溢出重归祖国的喜悦。这里的"雨"属于真实的自然世界，作为自然客

---

① TATI LOUTARD J B. *Œuvres poétiques. op. cit.* , p. 92.

136

体通过抒情主体的感受描绘出来，而抒情主体的情感借助这种描绘向外迸发，抒情方式直接、简单、真切，主观渲染客观，给读者带来一种独特的审美感受。亲切熟悉的祖国之雨，欢快灵动，如美丽女子，似夜行之鸟，美好得让"我"不禁一直发出深情的呼唤——"来吧，走向我！"这种呼唤承载着拥抱祖国大地的热切渴望，更包含了回归的幸福。

　　塔蒂·卢塔尔的抒情诗感情真挚，风格明朗，与 20 世纪以后的法国本土诗歌风格截然不同。20 世纪以后的法国本土诗歌主要有两个方向："这两个方向是 19 世纪由兰波和马拉美所开创的。粗略地说，其中一个方向是形式自由的、非逻辑性的抒情诗，另一个方向是讲求智识的、形式严整的抒情诗。……智识型诗歌与非逻辑诗歌的一致之处在于：逃脱人类的中庸状态，背离惯常的物象与常俗的情感，放弃受限定的可理解性，代之以多义性的暗示，以期让诗歌成为一种独立自主、指向自我的构成物，这种构成物的内容只依赖于其语言、其无所拘束的幻想力或者非现实的梦幻游戏，而不是依赖于对世界的某种摹写、对感情的某种表达。"①

　　以法国著名现代诗人伊夫·博纳富瓦（Yves Bonnefoy）这首于 1958 年出版的诗《这里，总在这里》（*Ici, toujours ici*）为例，可以看出 20 世纪后半叶法国本土诗歌的主流风格。它依旧鲜明地带有诸如马拉美、瓦雷里这类的象征派大师的烙印：

---

① 胡戈，弗里德里希．现代诗歌的结构：19 世纪中期至 20 世纪中期的抒情诗［M］．李双志，译．南京：译林出版社，2010：130.

> 这里，在明亮的地方。这不是黎明，
>
> 这已经是可以表达欲望的白昼。
>
> 你的梦里一首歌的幻影只剩下
>
> 未来的石头的闪烁
>
>
> 这里，直到晚上。阴影的玫瑰
>
> 在墙上盘绕。时光的玫瑰
>
> 无声地枯萎。明净的石板
>
> 随意地拖着它迷恋白天的脚步。
>
> 这里，总是这里。石头挨着石头，
>
> 建造了记忆述说的国度。
>
> 平凡的果子的声音刚刚落下，
>
> 治病救人的时间又让你狂热。①

　　博纳富瓦的这首诗中同样带有自然元素。但这里的自然元素，与塔蒂·卢塔尔诗中的不同，并不作为现实世界的事物在诗中的反映，它们作为且仅作为词出现。诸如玫瑰的两次出现，都处在所有隐喻里，而石头的出现则"建造了记忆述说的国度"，处在绝对隐喻里，可见这些自然元素只是作者修辞的手段，它们远离了旧有的表意功能，在更大程度上作为自在之物存在于诗中。抒情主体的缺失也和塔蒂·卢塔尔诗中反

---

① 伊夫·博纳富瓦. 杜弗的动与静［M］. 树才，郭宏安，译. 上海：上海人民出版社，2017：145.

复出现的抒情主体"我"反差颇大。

在 20 世纪法国诗歌主流传统中，抒情诗不是追求对世界内容的感知和反应，而是追求语言与幻想的游戏。这是一种消除了人，消除了自我的抒情诗，人以另一种方式在场，即"作为创造性语言和幻想在场"①。诗歌主体成为一种"匿名的、无定语的被确定者，对他来说，感情的强烈和开放的元素都让位于一种隐藏的震荡"②，在语言和幻想的游戏中，走向超越个人的中性化，或者说去人性化。在诗歌中，人类话语中存在的多义性被强化，物象离场和对语言单义性的回避使得现实世界被摧毁，这是 20 世纪法语诗歌的另一重要特征——去现实化。就美学原则而言，晦暗占了主导地位。诗歌内容由变换的语言运动组成，"对于这些运动来说，物象或情感的变化过程都只是材料，没有蕴含待解的意义"③。因而诗中出现的自然之物，大都不是指向真实的自然，而是诗歌词语的象征物，脱离了经验现实，拥有独立、纯粹的价值。

面对强大的现代法语诗歌传统，塔蒂·卢塔尔坚持忠诚于真实的自然，这种选择反映了他看待自然以及生命的方式，对他而言，自然尤其是故乡的自然之物，早已融入自己的生命，给予他神奇的力量。另一方面，也体现出人与自然的亲密性，与他所寻求的人与自然相和谐的理念

---

① 胡戈，弗里德里希. 现代诗歌的结构：19 世纪中期至 20 世纪中期的抒情诗［M］. 李双志，译. 南京：译林出版社，2010：160.

② 胡戈，弗里德里希. 现代诗歌的结构：19 世纪中期至 20 世纪中期的抒情诗［M］. 李双志，译. 南京：译林出版社，2010：156.

③ 胡戈，弗里德里希. 现代诗歌的结构：19 世纪中期至 20 世纪中期的抒情诗［M］. 李双志，译. 南京：译林出版社，2010：165.

相契合，与崇尚自然的非洲传统文化价值观相统一。对自己生活体验和个人情感执着、清晰的表达让他的诗歌充满了生命力和感染力，让他对故乡以及祖国真挚深沉的爱得以共享和延续。

塔蒂·卢塔尔的诗注重抒情与明确的叙事，用记忆操控着语言，在诗中反复召唤自己土地的自然之物，作为一名用法语写作的非洲诗人，他的诗歌创作避开了法国诗歌主流传统，避免了拙劣的模仿，而是植根于自己的生存经验，重视真正属于自己的土地和熟悉的自然环境，从这个意义上来说，他树立了独属于自己的风格。

本章小结

外来文化在三位诗人的诗中都留下了痕迹。透过弥漫在桑戈尔诗中的"法兰西情结"，可以看出他对法国怀有的特殊情感，以及和法国人民结下的深厚友谊，这种情谊是其诗歌创作非常重要的灵感之一。诗歌中大量出现的基督教词汇或元素，说明桑戈尔是个宗教意识十分鲜明的诗人。乌·塔姆西在诗中频繁使用"耶稣"意象，足见基督教文化对其诗歌创作的影响。而法国诗歌对他的诗歌创作影响更为深刻，不管在诗歌主题、理念还是语言上，可以说乌·塔姆西在一定程度上继承了兰波的衣钵，但在模仿与借鉴的过程中，随着自身的成长和阅历的丰富，他越发意识到作为非洲诗人肩负的社会责任和历史使命，创作时力求在诗歌的社会功能和审美功能之间找到平衡，逐渐建造了具有自己特色的诗歌世界。除了个别的基督教词汇，外来文化很少直接出现在塔蒂·卢塔尔的诗歌中，他的诗歌专注于对传统文化的表达，是外来文化强势冲击的另一种结果。

140

第三章

对外来文化的批判

非洲传统文化丰富多彩，风貌独特，尤其是撒哈拉以南的非洲文化，因为自身的历史条件与内部环境与外部世界处于封闭或半封闭的状态，具有鲜明的个性，是世界文化体系结构中一个独特的组成部分。15世纪初叶，西方国家开始对非洲大陆进行侵略征服和野蛮奴役，其殖民主义扩张与侵略活动在非洲大陆前后持续了400余年，非洲大陆是近代西方扩张侵略活动开始时间最早也是持续时间最长的地区。西方国家在对非洲大陆进行扩张侵略活动的四个世纪中，采取了与世界其他地区完全不同的扩张侵略形式，就是从事罪恶的黑奴贸易。

面对来自外部世界的巨大冲击破坏，非洲文化受到了灾难性的打击。"贩奴贸易使非洲黑人本身成为被贩卖被掠夺的对象，它对非洲文化的影响完全是毁灭性的而无任何积极意义。"①奴隶贸易致使非洲人口骤减，社会和历史文化传统衰竭甚至趋于崩溃。15、16世纪以后，非洲文化史偏离了独立发展的轨道，不再由内部力量决定，而是在与外部力量尤其是西方文化碰撞的过程中发生演变。正如非洲问题研究专家刘

---

① 刘鸿武. 非洲文化与当代发展［M］. 北京：人民出版社，2014：208.

鸿武在《非洲文化与当代发展》一书中指出，西方对非洲的野蛮征服与奴役，"使非洲文化由以往的相对封闭隔绝状况一转而处在了西方扩张冲击的灾难性环境之中，并因此而开始了一个缓慢而痛苦的本土文化衰竭、变迁与转型过程"。①

非洲大陆在遭受西方殖民主义的摧残后，随着传统文化的破坏衰竭，到 19 世纪中期，外部世界对非洲古老文明和传统文化不甚了解，对非洲人民持有偏见与歧视的种族主义观念开始流行。面对千疮百孔、落后的非洲，非洲人民没有完全失去尊严与信心，一直在寻求复兴与再生，尤其进入 20 世纪后，非洲进入了文化复兴阶段，这是"非洲文化自我意识觉醒、非洲人民寻求对自身文化历史存在及其独特价值认同"② 的阶段。

非洲人民自我意识觉醒和对自身文化的寻求也体现在桑戈尔、乌·塔姆西和塔蒂·卢塔尔的诗歌中。这三位诗人通过讴歌非洲历史和传统文化来唤起非洲人民的自尊和自信，在自我文化的寻求中获得对自己文化和价值的认同，对非洲没有自己的历史文化、黑人种族低劣的论调进行有力的抨击，同时还在诗歌中揭露西方殖民者的野蛮和罪恶行径，对殖民主义进行谴责和批判，激发非洲人民的反抗精神和独立意识。

---

① 刘鸿武. 非洲文化与当代发展［M］. 北京：人民出版社，2014：200.
② 刘鸿武. 非洲文化与当代发展［M］. 北京：人民出版社，2014：233.

第一节 桑戈尔

作为法国通过同化教育培养出来的非洲精英，桑戈尔难免对法国有一种特殊的情感，甚至对其抱有幻想，但在与法国长期的接触中，他逐渐看清了它的虚假面目，意识到要谋求祖国以及非洲的复兴与发展，必须要承认非洲文化价值的特殊性和重要性，要揭开殖民者的假面具，要驱散非洲人民心头因被奴役、被歧视而形成的重重阴霾，要促成非洲人民自我意识的觉醒，为非洲摆脱西方殖民统治，获得新生而扫除精神障碍。

一、他者的觉醒

西方殖民者为维护在非洲的殖民统治而炮制出种族主义的谬论，大肆宣扬非洲人野蛮无知、劣等低下，需要通过高等西方文明的教化成为文明人。种族主义理论在近代时期流传很广，影响深远，危害极大。"撒哈拉以南非洲各族人民是这种理论的最大受害者。"[①]种族主义理论摧残着非洲人民的心灵，是他们反抗殖民和争取独立的精神枷锁，非洲人民要重新获得尊严和信心，"需要扫清的精神文化障碍，除了这种赤裸裸的种族主义谬论之外，还必须扫除有着更为隐蔽的西方文化中心主

①　刘鸿武．非洲文化与当代发展［M］．北京：人民出版社，2014：237.

义和白人文化优越理论"①。

桑戈尔深知扫清精神文化障碍的必要性，通过诗歌，他力求纠正历史偏见，为处于边缘、受压迫的非洲人民发声，让世界听到西方眼中的"他者"觉醒的呐喊声。

作为法国外籍军团殖民地步兵团服役士兵、第二次世界大战的亲历者，桑戈尔多次在诗歌中为那些参加二战、为反法西斯战争做出贡献却被世界遗忘的非洲士兵发声。非洲在整个二战进程中都是盟军不可或缺的人力和物力来源地。二战期间，非洲有100万人参战，其中法国在其殖民地包括塞内加尔征召了17万名非洲士兵，"塞内加尔狙击兵团"就是一支为抵抗德意法西斯军队而英勇作战的黑人部队。这些非洲士兵和白人士兵一样，在战场上浴血奋战，是值得世人尊敬的英雄，可是在二战结束之后，在现在的法国教科书上，只会提及二战中法国士兵，根本就没有提到过那些为他们作战的非洲士兵。

除了在前一章已经提到过的《塞内加尔狙击兵的祈祷》，在《致为法兰西而死的塞内加尔狙击兵》（*Aux tirailleurs sénégalais morts pour la France*）一诗中，桑戈尔再次将目光聚焦于这些在战争中牺牲却被遗忘的塞内加尔狙击兵：

你们是我默默无闻的兄弟，没有人为你们命名。

......

---

① 刘鸿武. 非洲文化与当代发展［M］. 北京：人民出版社，2014：237.

听我说，塞内加尔狙击兵，在黑土地

和死亡的孤独中，

在你们没有眼睛也没有耳朵的孤独中，

还在普罗旺斯深处我的黑皮肤里　①

桑戈尔在诗中将塞内加尔狙击兵称为"我默默无闻的兄弟"，点明了他们现在的处境——"没有人为你们命名"，没有人还记得他们以及他们所做出的贡献，他们被历史埋没，消失在当今世人记忆的尽头，常年处于孤独中。但以桑戈尔为代表的塞内加尔人绝不会让他们英勇牺牲的同胞就这样被遗忘：

我们带给你们，听我们说，我们在你们死去的月份

拼读你们的名字

我们，在丧失记忆充满恐惧的日子里，带给你们

同龄人的友谊。

……

请接受你们黑人同伴们的致敬，为共和国而死的

塞内加尔狙击兵！②

同样参加过二战的桑戈尔，将这些为法兰西共和国而死的塞内加尔

---

① SENGHOR L S. *Œuvre poétique* ［M］. *op. cit.*, p. 67.

② SENGHOR L S. *Œuvre poétique* ［M］. *op. cit.*, p. 68.

狙击兵视为自己的同伴，以同伴的身份来纪念这些战士更加体现了诗人对他们的尊敬和深情。正因为有着同样的经历，才知道这些战士在战场上到底经历了什么，才知道这些战士真正的价值。

包括塞内加尔狙击兵在内的非洲士兵不仅要参加战斗，在多数情况下还要担负起军队中各种繁重的任务。尽管受到了种种不公正的对待，但这些非洲士兵在战斗中却毫不退缩，同侵略他国的德国军队展开殊死搏斗，并取得了不逊于白人士兵的战绩。在抗击纳粹德国的占领和解放法国的战役中，据不完全统计，大约有4.5万名塞内加尔士兵倒在战场上，另有7万名塞内加尔官兵负伤。1944年8月23日，由塞内加尔狙击兵组成的第六军团率先攻入法国土伦市并解放了这座城市。即使非洲士兵取得非常不错的战绩，在军队中还是会受到白人士兵的歧视和嘲笑，只有非常少的非洲士兵有晋升的机会。在二战结束之后，世人如同丧失了记忆一般，对他们只字不提，法国也没有履行曾对这群非洲士兵许下的承诺。1944年，数十名曾为法国作战的非洲士兵因为争取和法国士兵享有同等的工资和退休金而遭到法国士兵的开枪射杀。

桑戈尔在最后一句特别强调这些塞内加尔狙击兵是为"共和国而死"，在法语原文中，"为共和国而死"这几个词的所有字母都被大写，尤为醒目，意在突出非洲士兵为法国而战的事实，他们为了正义而献身，却没有获得应有的尊重和荣誉。他们再怎么被遗忘都不能被自己的同胞遗忘，塞内加尔人民不仅要纪念缅怀这些非洲战士，也有责任唤起世人对他们的关注，呼吁世人重视他们为世界和平所做出的贡献，给予他们本应获得的尊重和荣誉，正如桑戈尔在诗集《黑色祭品》的《开卷诗》（*Poème liminaire*）中写道：

> 你们塞内加尔狙击兵，我黑皮肤的兄弟
>
> 在冰冷和死亡的炙热的手中
>
> 谁能为你们歌唱如果不是你们的战友，
>
> 你们血缘相连的兄弟？①

　　2004 年 8 月，塞内加尔把每年 8 月 23 日定为"非洲狙击手纪念日"，以纪念为反对法西斯和解放法国流血牺牲的非洲老兵。在 2005 年的纪念日当天，"非洲狙击手基金会"成立，所募得的款项主要用于维修死难非洲老兵的公墓和为健在的非洲老兵提供生活帮助。2010 年在达喀尔达尼埃尔·索拉诺大剧院举行了纪念二战非洲狙击手展览，以图片、雕塑和电视等形式向观众介绍非洲狙击手参加二战的历史，告诫人们勿忘过去、珍惜和平、缅怀英雄。2017 年，在塞内加尔裔法国女子阿依莎塔·赛克（Aïssata Seck）的发起和推动下，时任法国总统的奥朗德（Hollande）在爱丽舍宫亲自为 28 名曾经为法兰西流血作战的非洲老兵颁发法国国籍，这是具有标志性意义的时刻。塞内加尔政府和人民用实际行动来纪念他们的同胞，为他们赢得应有的权益和尊重，是非洲人民自我意识觉醒的表现之一。

　　为了突出非洲战士为世界和平付出的牺牲与代价，桑戈尔多次在诗

---

① SENGHOR L S. *Œuvre poétique* ［M］. *op. cit.* , p. 57.

中描述他们的遭遇，包括被俘虏的经历：

> 我们中间最纯洁的战友已经死去，他们
>
> 咽不下可耻的面包。
>
> 现在，我们已沦为囚犯，受到文明人
>
> 野蛮的虐待，
>
> 像疣猪一样遭到屠杀。
>
> 光荣啊，坦克；
>
> 光荣啊，飞机！
>
> ……
>
> 首长，他们不在，同伴，他们
>
> 不再与我们相认。
>
> 我们不再承认法国。
>
> 在夜里，我们悲伤地呼喊。没有
>
> 声音回答。①

桑戈尔本人就有被囚禁在战俘营的经历。他于 1940 年 6 月在罗亚尔河战役中被德军俘虏，他清楚地知道战俘营里的悲惨。纳粹德国虐待战俘的劣迹举世闻名，战俘受到暴力虐待，每天要做十几个小时繁重的体力活，但只能得到最少的食物。如果战俘生病无法干活，就会被直接

---

① SENGHOR L S. *Œuvre poétique* ［M］. *op. cit.*, p. 76.

枪毙，再送进焚尸炉；如有敢反抗的战俘，也会被扔进焚尸炉。沦为战俘的非洲士兵也无法幸免于难，据不完全统计，至少 3000 名塞内加尔狙击手在被俘后被杀。在这首名为《致盖勒瓦尔》（*Au Guélowâr*）的诗中，诗人揭露了所谓"文明人"的野蛮行径——"像疣猪一样遭到屠杀"。而"光荣啊，坦克；光荣啊，飞机！"这句诗也道出了战俘们的心声，被冻死被饿死被折磨死，不如战死更光荣！他们要忍受的不仅是被敌军折磨的痛苦，还有被法国遗忘和抛弃的绝望，他们无法掌控自己的生死，只能听天由命。

在《卢森堡 1939》（*Luxembourg* 1939）一诗中，诗人着重描写非洲士兵的死亡，突出他们战死沙场的惨烈：

我的梦想破灭了，我的同伴们绝望了，能这样吗？

他们和树叶一样随同树叶

凋零，并被践踏在血泥上。

……

他们拿起枪来保卫议员们涣散人心的撤退，

他们在我第一次尝到嘴唇温软芳香的长凳下挖掘战壕。

……

我看见树叶飘落在假的掩蔽所里，飘落在壕沟中

在那里，一代人的血流淌着，

欧洲正在埋葬着民族的酵母和新种族的希望。①

　　桑戈尔站在亲历者和见证者的角度，重现战场上非洲士兵的遭遇：战争的残酷让死亡成为战场上必须要面对的一件事，无数英勇作战的非洲士兵，他们的生命在枪林弹雨中瞬间凋零，如同片片落叶飘落于地面，飘落于战壕中，任人踩踏。诗人将非洲士兵的死亡比喻成落叶，将战场上尸横遍野的场景化为日常生活中落叶满地的场景，跟随着诗人的目光，读者也好似置于战场之中，看见他们战斗、挖战壕，而后阵亡，这种"看见"的力量，更能引起人们对残酷战场的感性认识，更容易勾起人们来自心灵深处的震撼和伤感。"一代人的血"在壕沟里流淌着，不难想象这里汇集了多少非洲士兵的鲜血，数以万计的非洲士兵，其中大部分是年轻人，他们本是非洲的希望，现在却为了欧洲的希望丧命于此，他们的死亡对非洲来说是巨大的损失，战争葬送的不仅是士兵们的生命，更是非洲的未来，这也是战争真正残酷之所在。

　　诗中并没有出现含有强烈感情色彩的词语和符号，但是读者依然可以感受到深藏于诗中的愤怒，他的同胞们为欧洲付出了如此惨痛的代价，却没有得到世界的尊重和认可。桑戈尔多次在诗中为非洲士兵发声，他自身参军的经历为他的话语增添了分量，他想要通过诗歌让世人知道非洲士兵乃至非洲人民的价值，非洲人民不是野蛮无知的，而是善良淳朴的，非洲也不是一块"黑暗大陆"，而是一块充满生机活力的阳

---

　　① SENGHOR L S. *Œuvre poétique* ［M］. *op. cit.*, p. 69.

光大陆。他要用事实去揭露种族理论的荒谬，也要向世人揭开以法国为代表的欧洲的真面目，在《和平的祈祷》中，他毫不含糊地指出：

> 她为英雄们开辟了胜利的道路，
> 却把塞内加尔人当作雇佣军，要他们变成
> 帝国的黑色看门狗。
> ……
> 他们把我的两河地区、我的刚果河流域，
> 变成了一个阳光惨淡的坟场。①

　　二战盟军取得胜利，法国获得了解放，在巴黎举行了高规格的光复胜利游行，人们为凯旋的英雄欢呼喝彩，为法国而战的塞内加尔狙击手却没有被看作英雄，在法国人眼里，他们只不过是"雇佣兵"，是"看门狗"。桑戈尔在诗中更是控诉法国对他的祖国塞内加尔以及非洲所犯下的罪行，"那些把我的孩子当作野生大象狩猎的人"②"那些将我的一千万子孙塞进如麻风病院般船只出口的人"③"她给我的蓝色村庄带来死亡和大炮，她让我的亲友们像狗一样为了争一块骨头而相互攻击"④，将刚果河流域变成坟场……

---

① SENGHOR L S. *Œuvre poétique* ［M］. *op. cit.*, p. 98 – 99.
② SENGHOR L S. *Œuvre poétique* ［M］. *op. cit.*, p. 97.
③ SENGHOR L S. *Œuvre poétique* ［M］. *op. cit.*, p. 98.
④ SENGHOR L S. *Œuvre poétique* ［M］. *op. cit.*, p. 98.

　　塞内加尔是16世纪早期重要的奴隶来源地，"随着18世纪奴隶贸易的迅速扩张，事实上，从塞内加尔到安哥拉南部所有的大西洋沿海地区都卷入了人口贸易"①。欧洲奴隶贩子一方面从事侵袭冒险活动，抓捕奴隶；一方面挑起非洲各族之间的战争，将在战争中抓获的俘虏变卖为奴隶，一些部落或土著首领成了奴隶贩子的代理人，用俘虏来换取武器和商品。这些奴隶被卖出非洲后，"彻底脱离了非洲社会，生活在恶劣的环境下，会早逝且回乡无望"②。欧洲人将枪炮带入非洲，并在18世纪成为主要贸易物品，更刺激了战争的爆发，战争变得越发激烈，其破坏程度也日益加剧，"以前的战争有可能是以缴纳贡奉和获取俘虏的形式终结"③，但现在的战争对弱小社会有着整体性的破坏，这些弱小社会的村落在战争中损失惨重，有些甚至会完全消失。17、18世纪，奴隶贸易对撒哈拉以南非洲的所有西部地区产生了严重的影响，因为被卖出的奴隶中绝大部分人年龄在14～35岁，正是最具有生产能力的人口，"他们被直接卖出非洲，且出售所换取的物品只相当于这些人在有生之年可能的生产价值的一小部分"④。欧洲人从奴隶贸易中获取了暴利，这巨大的利润促进了欧洲很多重要港口城市财富的增加，法国的波尔多和南特便位列其中。为了维持这暴利的来源，欧洲人清楚地知道关键在于维持非洲奴隶制，于是他们大肆宣扬非洲人天生低人一等，他们

---

① 凯文，希林顿. 非洲史［M］. 赵俊，译. 上海：东方出版中心，2012：214.
② 凯文，希林顿. 非洲史［M］. 赵俊，译. 上海：东方出版中心，2012：214 – 215.
③ 凯文，希林顿. 非洲史［M］. 赵俊，译. 上海：东方出版中心，2012：215.
④ 凯文，希林顿. 非洲史［M］. 赵俊，译. 上海：东方出版中心，2012：216.

将非洲人从非洲卖出是将非洲人从野蛮原始的环境中拯救出来，这些观点也被用来合法化他们在非洲的殖民活动。

桑戈尔更以非洲的名义对欧洲进行了强烈的谴责，这些所谓的"文明人"在非洲干着灭绝人性的勾当，犯下了滔天的罪行。在《白雪笼罩着巴黎》（*Neige sur Paris*）中，诗人试图在黑色的非洲和白色的欧洲两者中求得一种和解，但想到非洲人民所经历的苦难和非洲大陆所承受的毁灭性打击，他无法遏制自己的愤怒和憎恨：

> 主啊，我不让自己内心的仇恨爆发，
> 我知道，我憎恨那些獠牙毕露、
> 明天要拿黑人的血肉做交易的外交官。①

非洲人民根本没有被当作人来看，他们被当作可以被买卖的物品，是包括法国在内的欧洲人创造财富、追求利润的工具。在此诗中反复出现的"那些白手"正是摧毁过非洲的一双双欧洲人的手：

> 那些发射子弹
> 压垮帝国的白手
> 那些鞭打奴隶，鞭打您的手
> 那些打您耳光的满是灰尘的白手，那些

---

① SENGHOR L S. *Œuvre poétique*［M］. *op. cit.*, p. 24.

> 打我耳光的抹了粉的手
>
> 给予我孤独仇恨的可靠的手
>
> 那些砍伐位于非洲，非洲中心
>
> 树头榈森林的白手
>
> ……①

　　这一双双手迎面扑来，它们是沾满鲜血的罪恶双手。诗人没有直言殖民者的罪行，却通过一系列"手"的意象，给读者密集灌输殖民者在非洲的所作所为，对他们的丑陋和罪恶做出无声的揭露和批判。欧洲人对非洲的入侵和征服，给非洲带来毁灭性的打击。他们暴力掠夺当地的劳动力和自然资源，强力破坏当地的社会和文化，他们打着"传播文明"的幌子，干着龌龊的勾当。西方对非洲的殖民统治和人口贩卖是导致非洲大陆长期贫穷落后的重要历史根源，给非洲人民带来了巨大灾难，造成了极大的伤害。正如诗人所说，带给他的是孤独和仇恨，这何尝不是非洲人民被殖民后的心理写照。

　　桑戈尔通过诗歌愤然控诉殖民主义者的罪行，是对西方殖民主义与种族主义的反抗，更要打破殖民者奴役非洲人民的枷锁，唤起非洲人民的民族自尊心和自信心，复兴非洲的文化传统和文化意识，激发非洲人民重新发现和塑造自我价值。诗人不断强调非洲文化的独特价值，非洲文化拥有自己的个性特征，和世界上所有民族文化一样具有平等的地位

---

① SENGHOR L S. *Œuvre poétique* [M]. *op. cit.*, p. 24

和权利。在《向面具祈祷》一诗中，他指出充满活力的非洲文化给
"死气沉沉的机器和大炮的世界"带来了欢乐和生气：

> 如果"世界复兴"召唤我们，我们回答："有！"
> 但愿我们变成酵母，没有它不能发起的白面。
> 因为除了我们，有谁能把鲜活生动的节奏
> 带给这个死气沉沉的机器和大炮的世界；
> 有谁能发出欢乐的呼声，去唤醒那些孤儿和
> 光明来临之前死去的人们；
> 有谁能使那个被刺刀扎伤希望的人
> 重新想起生活。①

　　西方发起的世界大战给世界人民带来了巨大的灾难，具有毁灭性的
影响，让世界变成了"死气沉沉的机器和大炮的世界"，世界要重新焕
发光彩，必然少不了非洲人民为其贡献的力量，正如诗人将非洲人民比
喻为"能发起白面"的"酵母"，突出非洲人民对于世界的重要性。非
洲人民对大自然有着独特的适应能力，热情奔放的舞蹈、节奏强烈的音
乐等是非洲人民生命活力的体现；非洲文化热烈而质朴，吸纳外来文化
后呈现出富有时代气息的崭新面貌，是世界文化体系不可分割的一部
分，尤其对于被战争摧毁过后的世界来说，独具形态的非洲文化为世界

---

① SENGHOR L S. Œuvre poétique［M］. op. cit., p. 25-26.

注入了希望与活力。非洲国家在独立之后，在世界政治舞台上发挥着日益重要的作用，成为推动世界和平与发展的一支不可忽视的力量。

没有非洲的世界是无法想象的，正如非洲问题研究专家刘鸿武所言，"无论人们怎样地轻视非洲、忽视非洲，从经济与政治的角度将非洲边缘化，但如果我们这个世界没有非洲，没有非洲大陆的音乐与舞蹈，没有非洲的森林与草原，那这个世界一定会'因失去许多的奇异光彩与生命激情'而变得更单调乏味，当代人类的面孔与心灵都会因少了那种本真的原生态土著艺术而变得更机械刻板"①。

第二节　乌·塔姆西

乌·塔姆西的诗歌具有很强的政治性，他以诗歌为武器，谴责殖民主义，批判种族歧视，维护祖国和非洲人民的自尊，争取自身和祖国的解放。诗集《肚子》表现得尤为明显，它是诗人痛苦的呼喊，是一曲英雄的哀歌。自然元素"火"在他的诗歌世界中也占据着重要位置，承载着诗人对历史的反思和对未来的希冀。

一、"肚子"意象

帕特里斯·卢蒙巴，刚果独立的殉难者，作为这部诗集的背景人

---

① 刘鸿武. 非洲文化与当代发展［M］. 北京：人民出版社，2014：8.

物，赋予了诗集悲剧的色彩。卢蒙巴是刚果民主共和国的缔造者之一，坚决反对分裂刚果，为捍卫国家独立、统一与新老殖民主义和分裂势力进行了顽强的斗争。1961 年，卢蒙巴被暗杀，成为新殖民主义阴谋的受害者。卢蒙巴之死在刚果大部分地区引发巨大震动，在世界范围内激起抗议浪潮。乌·塔姆西在《肚子》中，将卢蒙巴的形象和他梦想中统一的刚果融为一体，将自己对祖国的热爱以及面对祖国苦难历史和悲惨命运所产生的失望、痛苦和愤怒渗透进每一句诗里，同时也对殖民主义进行了强烈的谴责和控诉。

《肚子》由 14 首诗组成，"肚子"一词几乎在每一首诗里出现，共计 100 次，是诗集绝对的中心主题。诗人赋予"肚子"这个意象不同的形象和丰富的含义，有时甚至是相对立的，这些由同一意象折射出来的众多形象又构成一个整体，在诗集内部形成迷人的回响。

肚子是人体的重要部位之一，分布着各种重要器官，担负着人体的重要生理功能。在乌·塔姆西的诗歌世界里，肚子的含义与其生理功能紧密相连，它是生命的孕育地和庇护地，代表了母亲和故土。在《致灵魂之铃声》（*Des Sonnailles à l'âme*）这首诗中，通过类比，肚子生命孕育地的形象慢慢浮现，并在最后得到强调：

> 当沃土让种子发芽
> 当天空与瘦弱的孩子一起
> 突然滚落草间，
> 向夹竹桃借

　　　　它的口红

　　　　在路上超越一切

　　　　向云朵售卖香料

　　　　因而心在打喷嚏

　　　　肚子在颤抖

　　　　……

　　　　那么把我肚子纹上

　　　　面包树的图案！

　　　　……①

　　诗中第一个动作"沃土让种子发芽"定义了两者之间的关系：沃土奉献出自己的营养让种子孕育出新的生命，因此沃土具有了慷慨无私的特质。此后一系列的动作再次确认了这种特质："天空滚落草间"是雨水对青草的滋润，"夹竹桃出借口红"是分享自然之美，"超越一切"是一种敢为人先、勇于开拓的牺牲，"向云朵售卖香料"是用美好交换美好。这些动作从不同程度上包含了为他者付出的爱心，更加衬托出沃土用自己的生命换取新生命的奉献精神。这一切慷慨行为的源头正是"心"，善良的灵魂给予了这一切，而"肚子"在此成了表达奉献与付出的场所，它和沃土一样，孕育出新的生命，是母亲和故土的象征。作为非洲产量最高的一种食用植物，面包树是非洲人民的重要主食，是孕

---

① U TAM'SI T. *Le Ventre suivi de Le Pain ou la Cendre* ［M］. *op. cit.*, p. 89.

育生命、维持生命必不可少的必需物。"把肚子纹上面包树的图案"，肚子拥有了显著标志，鲜明地传达出生命孕育地的形象。

这种形象在其他诗中也得以体现，并与无私的母爱联系在一起，例如在《荒芜的身体》中：

> 母爱
> 决不从肚中收回
> 肚子给予的身体……
> ……①

短短三行诗，虽简练却引人注意，"决不"的使用具有强烈的主观色彩，坚决否定透露出语调的坚定，强化了母爱不求回报的特质，有力地表达出母爱的伟大："肚子给予的身体"是母亲创造的新生命，对于自己孕育的生命，母亲付出爱却从不考虑回报，是极度的慷慨，是世间的大爱。

"肚子"不仅是生命的孕育地，也是生命的庇护地，在这里生命得以延续：

> 肚子颤抖
> 洪水逼近：

---

① U TAM'SI T. *Le Ventre suivi de Le Pain ou la Cendre*［M］. *op. cit.*，p. 67.

　　　　舍弃哪些躯体

　　　　诺亚！诺亚！

　　　　用手保护肚子的女人

　　　　……

　　　　我的母亲告诉我：

　　　　用双手生活

　　　　比四肢着地的心

　　　　更有价值……！

　　　　……①

　　"肚子颤抖"是危险来临时恐怖情绪的体现，下一行诗直接指出了这种恐惧的来源，"洪水逼近"预示了危险甚至是大灾难的降临，之后疑问和感叹的语气加强了第一行诗里害怕不安的情绪。这些危险甚至灾难是生活的一部分，是生活给予人类的磨难和考验。对"诺亚"的两次急切呼叫显示出危险来临时寻求帮助和保护的迫切心情。在《圣经》中，诺亚在洪水泛滥要毁灭天下之际，制造方舟让世间的生命得以延续，他是拯救者和保护者。而这首诗里的拯救者和保护者是一名女性，极有可能是一位母亲，在危难之际，她用手护住肚子，其实是在保护肚子里的生命，这是母爱的自然流露。这位保护生命的女性让诗人想起了自己的母亲，想起母亲的告诫：靠自己的双手生活比依靠他人生活更有

---

　　① U TAM'SI T. *Le Ventre suivi de Le Pain ou la Cendre* ［M］. *op. cit.*, p. 113.

尊严。母亲将人生经验感悟和价值观传递给自己的孩子，是母爱的另一种表达。借由"肚子"的意象，诗人赞颂了伟大的母爱。

母亲作为新生命的孕育者和保护者，在新生命降临之时，其实也意味着要经历巨大的痛苦，甚至要面临死亡的威胁：

鲜红的血流淌

开启了另一个大洪水的时代

眼里闪耀着悲伤的渴望

像雨点般倾泻在这肚子上

我的手直到耻骨

将不再保护其免受爱的痛苦！①

"血，是生命，是肉身之灵魂。"血是维持生命之必需，失血意味着受伤或死亡。诗里"流淌的鲜血"是指女性分娩时大量流血，承受着极大的痛楚和折磨，有时甚至要与死神做斗争，换句话说，女性孕育生命必须经历一场生命的磨难，因此说鲜血"开启了另一个大洪水的时代"。"肚子"——新生命的孕育地，在这里指代分娩的女性，她所经历的痛苦无法避免，不禁让人感到揪心。可即便如此，女性为了新生命的诞生，还是选择承受这无法想象的痛苦，并称之为"爱的痛苦"。女性为此做出的自我牺牲再次说明母爱是无私的，母爱可以跨越生死，

---

① U TAM'SI T. *Le Ventre suivi de Le Pain ou la Cendre*［M］. *op. cit.*, p. 69.

在母爱面前，死亡是渺小的。

在乌·塔姆西的诗中，代表母亲和故土的"肚子"，也被延伸为诗人自我身份的寻求之地，是其根之所在，情之所依：

> 我不明白为什么
>
> 我的血液不是流水
>
> 在此方舟下挣脱
>
> 我人世往昔的洪流，
>
> 给予我苦恼的脸庞，
>
> 十字架标志或港口
>
> 我们由此出发
>
> 找寻共同的肚子
>
> 远离共同的坟墓！①

因为历史原因，非洲的原生态文化被破坏，主流文化被打上了强烈的殖民烙印，体现出浓厚的殖民色彩。在殖民主义和种族歧视的重压下，非洲人民难免对自己的文化、种族和民族身份产生疑问和疑惑，出现自我身份迷失的现象，身份认同问题由此提出。身份问题总是和一定的文化语境联系在一起，身份认同的核心是文化认同。文化认同一般而言是指一种集体共有的文化同一性或文化归属感。"这个'集体'又往

---

① U TAM'SI T. *Le Ventre suivi de Le Pain ou la Cendre* ［M］. *op. cit.*, p. 38.

往指民族，所以有学者认为'文化认同基本上是指民族性'。民族性是指一个集团的特征，这种特征表现为其成员有着共同的历史或起源，以及一种特殊的文化遗产。"① 在抵抗西方文化霸权的背景下，因文化认同所形成的统一的文化身份有助于非洲人民共同反对殖民主义和种族主义。

面对强大的"西方"，乌·塔姆西意识到作为诗人肩负的历史使命和社会责任，以诗歌作为建构话语的载体，通过诗歌中的意象隐喻等形象话语来彰显文化认同抑或是文化身份，表达鲜明的民族特性、丰富的民族文化内涵和复杂的人民心理感受。在以上诗节中，诗人通过"我们"这个集体名词，将个人自我身份问题上升到非洲人民集体身份问题，鼓励并号召非洲人民挣脱殖民主义的枷锁（"我人世往昔的洪流"），走出殖民主义的阴影（"给予我苦恼的脸庞"），尊重民族文化，坚守传统文化，"找寻共同的肚子"，其实就是重新确认自己的文化身份，找回自己的文化之根。非洲人民只有坚持自己的民族性，对民族文化以及非洲的传统文化有一种共享的归属感和强烈的认同感，才不会丧失信心，才能更好地谋求非洲的长远发展，才会远离"共同的坟墓"，不被"西方"吞噬，不会走向毁灭。

女性的肚子是生命的孕育地和庇护地，如果女性受到粗暴对待，其后果正如《哀悼战士之歌》（*Chant pour pleurer un combattant*）中所写，"打开女性的肚子，就是打开一座坟墓"②。打开女性的肚子，尤

---

① 赵炎秋. 文学批评实践教程［M］. 长沙：中南大学出版社，2015：443.

② U TAM'SI T. *Le Ventre suivi de Le Pain ou la Cendre*［M］. *op. cit.* , p. 35.

其孕妇的肚子，导致的不仅是女性自身的死亡，也是新生命的死亡。女性在遭受开膛破肚的暴行之后，其肚子由生命的孕育地和庇护地变成了坟墓。在另一部诗集《历史概要》中，女性的肚子依然和暴力联系在一起：

> 大海顺从了黑奴贩子……
> 人们敲响警钟
> 脚踢怀孕路人
> 的肚子：
> 宵禁风干他们的痛苦 ①

　　女性在这里是受迫害的对象，是诗人受尽苦难的祖国的代表。欧洲的"黑奴贩子"从刚果王国运走了一批又一批的奴隶，导致刚果王国大量人口死亡和劳动力消失。诗人的祖国在经历殖民统治和奴隶贸易之后遭到毁灭性的打击，就犹如"怀孕路人"遭到脚踢的伤害一样，结果都是生命的毁灭和希望的终结。除了受害者，在乌·塔姆西的诗中，女性有时是一位堕落的母亲，她被人蹂躏，不再纯洁：

> 在每张床上，人们看到
> 你喝醉的母亲在发情

---

① 　U TAM'SI T. *Épitomé* ［M］. *op. cit.*，p. 29.

恶魔相信她是贞洁的。①

　　这位堕落的母亲不仅是诗人祖国的代表，也是受尽凌辱的非洲大陆的象征。自 15 世纪以后，非洲大陆不断遭受欧洲各国殖民者的瓜分和统治，在 19 世纪末 20 世纪初，是欧洲各列强瓜分非洲的高潮，几乎所有非洲大陆被西方列强瓜分完了，如此屈辱的历史好比一名纯洁的母亲不断走向堕落的历史，令人发指。

　　在乌·塔姆西的诗歌世界里，女性是被蹂躏的一面镜子：女性所受的伤害就是刚果以及非洲被殖民侵蚀、被战争摧残的血腥历史的体现；女性受到死亡的威胁，象征了刚果以及非洲被死亡的气氛笼罩，刚果人民和非洲人民在殖民统治下饱受残酷剥削和压迫，生不如死。女性的肚子变成坟墓，一方面突出了刚果和非洲所受到的毁灭性的打击、非人道的摧残，另一方面强调了刚果和非洲未来的希望被切断，国家和人民的命运被埋葬，更是诗人对殖民者在刚果和非洲所犯残暴罪行的强烈控诉。

　　刚果的殖民史是非洲殖民史上最残酷、最血腥、最恐怖的一页。15 世纪末，葡萄牙人入侵刚果，英、法接踵而至。19 世纪下半叶，比利时国王利奥波德二世（Léopold II）卷入了刚果河流域地区的竞争，最终将刚果变成了自己的私人领地。1884—1885 年，瓜分非洲的柏林会议把刚果河以东地区划为比属殖民地，即现在的刚果（金）（刚果民主共

---

① U TAM'SI T. *Le Mauvais sang suivi de Feu de brousse et À triche – cœur* ［M］. *op. cit.*, p. 22.

和国），刚果河以西地区划为法属殖民地，即如今的刚果（布）（刚果共和国）。殖民统治和剥削给当地人民带来了无法想象的摧残和毁灭，刚果人民承受了无尽的苦难和血泪。面对沉重的历史记忆，刚果人民的内心深处和民族意识里积压了长久的阴郁。

面对祖国历史的悲剧和地理上的剥离，诗人对刚果的热爱化为同情、失望和气愤。他通过诗句来表达自己的痛苦与愤怒，而诗人的痛苦与愤怒其实就是这个国家及其人民的痛苦与愤怒。在《肚子》中，祖国像是被巨大的肚子吞噬消化，不断地被分解，最后化作粪便被排出，成为垃圾般的存在。西方殖民统治就是这个巨大的肚子，刚果被残酷压榨掠夺的过程正如食物被肚子消化分解的过程，殖民统治最后留给刚果的也只剩下痛苦和垃圾。

在诗集的第一首诗《珍宝》中，乌·塔姆西再现殖民者的入侵并发出直击灵魂的质问：

　　　那些来的人

　　　在他们的鼻孔下有

　　　十字架和旗帜

　　　……

　　　你们来了

　　　真的获胜了？

……①

殖民者在刚果以及非洲大陆上以暴力劫掠土地与资源，对包括刚果人民在内的非洲人民进行肉体及精神的控制和奴役，甚至为了向美洲殖民地种植园和矿山提供劳动力，从事血腥的奴隶贸易，从中获取了巨大的经济利益，累积了大量的物质财富，并掌控着殖民地的政治、经济与文化，是殖民过程中的赢家。诗人一句"真的获胜了？"是对殖民统治正义性的质疑，表达了他对殖民统治的不满和愤懑。在接下来的诗中，诗人更是不断揭露殖民者的邪恶和残忍。

诗集第四首诗《盛宴》（*Le Festin*），名为盛宴，实为一场肮脏和致命的狂欢，是殖民主义在刚果历史前所犯暴行的变相呈现。诗中"食人肉者"（cannibale）、"白骨沙漠"（désert de squelettes blancs）、"焚尸炉"（crématoires）、"四马分尸"（écartelez）、"受害者的坟墓"（tombes de nos victimes）等这类暴力血腥的词汇，展示了一个被死亡威胁的可怕世界，营造了一种恐怖不安的氛围。在这里，生存的希望被剥夺，整个国家成为罪行和暴力的受害者，呈现出一种死气沉沉的荒芜状态。面对这幅惨象，诗人毫不掩饰他的愤怒：

> 我的愤怒是娼妇。
>
> 太阳使我平和
>
> 我的眼睛垂着胶水

---

① U TAM'SI T. *Le Ventre suivi de Le Pain ou la Cendre* ［M］. *op. cit.*，p. 15.

> 苍蝇粘在上面
>
> 给我的愤怒加上砒霜
>
> ……①

　　诗人的愤怒无法抑制，同时他也清楚地知道自己的愤怒如"娼妇"一般卑微，可是不管这愤怒再怎么卑微，他还是要毫无保留地抒发出来。"眼睛垂着胶水/苍蝇粘在上面"给人一种极度不舒服的感觉，这种感觉正是诗人面对刚果历史时的感觉，并且这种感觉加剧了他的愤怒，变得和"砒霜"一样具有致命性，足见其愤怒的程度。诗人越是愤怒，越要揭发殖民者对祖国的毒害和摧残。第五首诗《荒芜的身体》与《盛宴》形成呼应，描写此番盛宴之后的场景，也就是历经暴力和掠夺之后刚果的处境。诗人通过最常见的词汇来表达最残忍的事实：

> 碎岩屑，碎玻璃从
>
> 喉咙里突出；湿烟头
>
> 的湿滤嘴。
>
> ……②

　　盛宴之后，到处都是碎裂的景象，残败的风景。"荒芜的身体"也正是刚果国家的命运，国家成为消化运动的对象，被殖民统治吞噬、捣

---

　①　U TAM'SI T. *Le Ventre suivi de Le Pain ou la Cendre*［M］．*op. cit.*，p. 58.

　②　U TAM'SI T. *Le Ventre suivi de Le Pain ou la Cendre*［M］．*op. cit.*，p. 72.

碎，生命在此终结，巨大的肚子也变成了"炙热的坟墓"①，"人经过的地方到处都是鲜血在流淌"②。整个国家和人民的命运，和被消化的食物的命运没有差别，最终都以粪便的形式结束。国家通过这种方式被败坏贬值，这种具有侮辱性的表达法，正体现了殖民国家对刚果的侮辱，在殖民统治下，刚果失去了身份，失去了尊严，失去了自由。虽然诗人对刚果依旧充满了热爱，但在这部诗集中展现的刚果，不是诗人梦想中的刚果，他采用悲观的角度去揭开这个国家的伤疤，表达这个国家的痛苦，对殖民暴行进行强有力的控诉，正如诗人在《珍宝》里写道：

　　　　我窒息在一个肚子下
　　　　它不会说对不起
　　　　比田野里的蜜蜂
　　　　更好斗的黑麦草。③

　　这个令人窒息的"肚子"不就是吞噬刚果的殖民统治吗？而"比蜜蜂更好斗的黑麦草"不正是坚强的刚果人民吗？殖民主义国家从未认真反省自己犯下的罪行，非但没向刚果人民道歉，还为自己的暴行进行辩解和美化，甚至在刚果人民争取民族独立的斗争中百般阻挠。刚果民族运动的领导人卢蒙巴因拒绝出卖国家利益被暗杀，诗人对殖民者的

---

① U TAM'SI T. *Le Ventre suivi de Le Pain ou la Cendre* ［M］. *op. cit.*, p. 68.

② U TAM'SI T. *Le Ventre suivi de Le Pain ou la Cendre* ［M］. *op. cit.*, p. 69.

③ U TAM'SI T. *Le Ventre suivi de Le Pain ou la Cendre* ［M］. *op. cit.*, p. 18.

愤怒上升至极点。《反抗者的康加舞》（*La Conga des mutins*）不仅是一首卢蒙巴的赞歌，也是一曲哀歌，更是另一种愤怒的嘶吼。受到卢蒙巴名言"刚果，就是我"（Le Congo，c'est moi.）的启发，诗人将卢蒙巴的名字和刚果连为一体，并在诗中反复出现：

> 卢蒙巴
>
> 像伦巴，康加！
>
> 卢蒙巴
>
> 像伦巴，刚果！①

　　伦巴和康加都是富有热情和活力的舞蹈，卢蒙巴在刚果民族独立斗争中挥洒的激情和释放的能量犹如这两种舞蹈给予人振奋人心的力量，他是刚果的英雄，象征了向往独立与自由的刚果人民。诗句的重复不仅增加了语言的音乐性，诗人的情感更是在一次次地重复中加强，并在最后一次达到顶峰：卢蒙巴的名字被大写。大写的名字强调了诗人对卢蒙巴的悼念和歌颂，更是对暗杀者即殖民者的愤怒和控诉。

　　1885 年至 1908 年，"刚果自由邦"作为利奥波德二世的私人领地存在了 23 年。利奥波德二世在"刚果自由邦"进行了残暴的独裁统治，为了掠夺橡胶、象牙等资源，当地人民被限制自由，像奴隶一样没日没夜地工作。如果有人反抗、完成不了任务或是犯错，就要被砍手砍

---

① U TAM'SI T. *Le Ventre suivi de Le Pain ou la Cendre*［M］. *op. cit.*，p. 143.

脚，更为恐怖的是，这种惩罚实行连坐制，他们的妻儿也要被砍手砍脚。据不完全统计，在其统治期间，"刚果自由邦"有近 1500 万刚果人惨遭屠杀，人口减少了一半。

　　在经历了殖民者的暴行和摧残之后，刚果呈现的是一派毫无生气的景象。正如在 1895 年一份英国报纸中，一位在刚果工作的美国牧师描述道："它让人们陷入一种绝对的绝望之中"。① 乌·塔姆西在诗中将这样的刚果比作肚子，饱含了痛苦和屈辱的肚子：

　　　　肚子
　　　　到处带着古老乱葬坑
　　　　瘟疫的热 ②

　　这些乱葬坑中堆着无数刚果人民的尸骨，见证着刚果最黑暗的一段历史。想起这段历史诗人内心无法平静，由此产生的压抑感让他想要逃离：

　　　　而肚子带有
　　　　古老乱葬坑
　　　　瘟疫的热，我要摆脱它！③

---

① 凯文，希林顿．非洲史［M］．赵俊，译．上海：东方出版中心，2012：422.
② U TAM'SI T. *Le Ventre suivi de Le Pain ou la Cendre*［M］. *op. cit.*, p. 20.
③ U TAM'SI T. *Le Ventre suivi de Le Pain ou la Cendre*［M］. *op. cit.*, p. 33.

　　这段历史带来的痛刻骨铭心，无以计数的皑皑白骨诉说着殖民者的罪恶，也警醒着现在的同胞，回望历史，空气中仿佛还弥漫着浓重的血腥味，似乎还能听到惨烈的哀号：

　　　　我把你的名字放在石头下

　　　　我不再知道如何抓住你的心，

　　　　道路自此由受伤的躯体筑成

　　　　由自言自语的尸体铺成，

　　　　多么悲伤，声音来自潮湿的肚子。

　　　　……

　　　　我把你的名字放在花下！①

　　这个"潮湿的肚子"正是饱受苦难的刚果，"受伤的躯体""自言自语的尸体"是指殖民统治下的受难者，包括在争取民族独立过程中遇害牺牲的人民，他们是刚果历史不可分割也不应遗忘的一部分。悲惨的历史更值得被铭记，乌·塔姆西在诗中不断揭开刚果历史的伤疤，撕心裂肺的痛让他无法自制，但面对苦难刚果的失望、愤恨和痛苦依旧不能掩盖诗人对刚果的爱。"你的名字"就是诗人祖国的名字——刚果，将刚果"放在石头下"体现了他想要保护祖国的心意，而"放在花下"

---

　　① U TAM'SI T. *Le Ventre suivi de Le Pain ou la Cendre* ［M］. *op. cit.*, p. 121.

更是代表了他对刚果美好未来的希冀。这种希冀在诗集的最后再次得到
强调：

　　　　活着的人
　　　　会看到刚果
　　　　横跨刚果河
　　　　漂浮在水风信子间 ①

　　在乌·塔姆西的眼里，刚果河就是刚果的象征，是其流动的存在，
他一生都梦想着一个完整的、统一的刚果。刚果河因为调解殖民者的利
益冲突，作为划分如今刚果（金）和刚果（布）的分界线。在地理位
置上，诗人的祖国是刚果（布），可是在诗人心中，他真正的祖国是刚
果，是未被殖民者入侵的那片广袤的土地，而看见被强行分裂的刚果，
诗人痛心不已。诗中"横跨刚果河"的刚果正是他内心期盼的完整的
刚果，刚果河不再是一条分界线，而是连接两岸土地的重要通道。"水
风信子"代表着幸福、浓情、喜悦，通过富有象征性的花名，诗人表
达了对刚果的美好愿望，祈望曾经苦难的祖国可以安宁，人民能够
幸福。
　　"肚子"在乌·塔姆西的诗中呈现了多重的意义，也融入了诗人对
刚果多样的情感。它是生命的孕育地和庇护地，代表了伟大的母亲和无

---

　　①　U TAM'SI T. *Le Ventre suivi de Le Pain ou la Cendre* ［M］. *op. cit.*, p. 133.

私的母爱，也代表了难以割舍的故土，亦是诗人寻找自我身份的根之所在，浸润着他对刚果的深情与爱。它是殖民统治的化身，吞噬着刚果，给刚果带来一场惨绝人寰的浩劫，承载着诗人对殖民主义暴行的无限愤慨与强烈抗议。它是苦难刚果的象征，见证了刚果人民的悲惨和屈辱，饱含了诗人面对刚果沉重历史时的失望与痛苦。这些由同一意象折射出的丰富内涵，既对立又统一，在诗歌中构成一种迷人的张力，给读者带来强烈的情感冲击。"肚子"也成为乌·塔姆西诗歌世界里特有的符号，散发出不一般的魅力。

二、毁灭之火

火是一种特殊的物质，在人类文明和改造世界的进程中起着至关重要的作用，也是文学作品中具有多重象征意义的重要意象。它是一个充满了诗意想象的文化意象和生命意象，具有丰富的文化内涵和特殊的生命精神。"它是一切现象中唯一能够获得两种截然相反的价值评价的现象：善与恶。它把天堂照亮，它在地狱中燃烧。它既温柔又会折磨人。它能烹调又能造成毁灭性的灾难。它给乖乖地坐在炉边的孩子带来欢乐，它又惩罚玩弄火苗的不规矩的人。它是安乐，它是敬重。是一位守护神，又是一位令人畏惧的神，它既好又坏。它能够自我否定：因此，它是一种普遍解释的原则。"①

火作为诗人建构诗歌世界的主要意象之一，在一定程度上既可反映

---

① 加斯东，巴什拉. 火的精神分析［M］. 顾嘉琛，译. 北京：商务印书馆，2010：7.

诗人的心理个性，也能表现出诗人对外部世界的认识和构建意象时的历史语境。在乌·塔姆西的诗歌中，火意象占据着显要位置，是其诗歌重要的表现题材之一。1957 年发表的诗集《丛林之火》直接以"火"命名，整部诗集好比是一部以反抗为主题的电影，诗人运用蒙太奇的手法将 17 种视角下的意象并置，将刚果历史的悲剧和人民的痛苦融入诗歌想象中，呈现出殖民者入侵之后非洲文明的破碎。

在这部诗集的第五首诗《吸血鬼飞行》（*Le Vol des vampires*）中，火呈现出的是一个"毁灭者"的形象：

早晨人们发现燃烧的丛林

和冒烟的太阳

人们像往常一样吃着

煮熟的西葫芦

之后看见

火焰吞噬者

继续艰难地忍受着

酷热的日子 ①

诗的开头呈现了一个可怕的场景：丛林着火了，太阳被滚滚浓烟遮蔽，生活在丛林之中的居民像往常一样继续着他们的生活，并不知道为

---

① U TAM'SI T. *Le Mauvais sang suivi de Feu de brousse et À triche – cœur*［M］. *op. cit.* , p. 66.

什么丛林会突然之间燃起火焰，直到看见"火焰吞噬者"，才明白这个外来之物便是火焰的来源。丛林是当地居民赖以生存的地方，丛林燃烧意味着生存环境的破坏，给丛林居民带来的无疑是巨大的损失和痛苦。太阳散发的光与热带给大地温暖与生机，象征着光明、希望和幸福。太阳被浓烟遮蔽，短短几个词勾勒出黑暗压抑的环境，丛林之火摧毁了这里平静幸福的生活。此处的火充满了危险性，具有摧毁外物的巨大威力。这种破坏性在之后的诗节中体现得尤为具体：

　　　　风带有犬牙

　　　　正是这风

　　　　这风给树木

　　　　带来了其他的树叶

　　　　拔掉了鹦鹉的羽毛

　　　　熏香了豺狼

　　　　在等待

　　　　另一位母亲

　　　　生出

　　　　一个长有三头

　　　　或许没有腿

　　　　的孩子

　　　　在大草原上

176

继续破坏 ①

此处的"风"犹如丛林之火的帮凶，它增强了火的威力和破坏性，就像自带犬牙，撕裂眼前这个世界。"带来了其他的树叶"暗示着这场火之后原有的生活模式被打断，新的生活方式来临。在突如其来的灾难面前，弱者无力抵御这强大的破坏，失去了一切，而强者得到了其想要获取的东西，两者鲜明的对比是通过两个对立的意象来实现的：被拔掉羽毛的鹦鹉和被熏香的豺狼。原本力量相距甚远的两种动物艺术性地展现了弱者和强者的对立，也就是强者对弱者的剥夺。进一步说，弱者代表的是受害者，强者象征着入侵者，而入侵者代表了人类过度的欲望，无节制地追求财富。

毁灭之火不仅有强大的破坏性还有持续性，给这片土地带来了深远的影响，正如诗中所说"另一位母亲生下孩子在大草原上继续破坏"。"另一位母亲"和前面诗节中的"一位母亲"相呼应，这位母亲，也就是非洲大陆，孕育了"一个双头儿"（un enfant à deux têtes），并且"只有一条腿"（l'enfant avait une seule jambe）。这个孩子指代的正是刚果这片土地，它被强行划分为两个国家，就像无端长出两个头；而唯一的腿指的是穿越这片土地的母亲河——奔腾汹涌的刚果河。在毁灭之火降临后，另一位母亲，也就是入侵者，在这片土地上孕育出一个"长有三头"的孩子，此处的"三头"，特征明显，暗指法国"红白蓝"三色国

① U TAM'SI T. *Le Mauvais sang suivi de Feu de brousse et À triche – cœur* ［M］. *op. cit.*，p. 67.

旗，或者说是法国殖民秩序的象征——殖民、文明、基督教（colonisation, civilisation, christianisme）。这个孩子便是法国殖民者留在刚果的殖民遗产。法国人想要在其殖民地实现完全的"欧洲化"或"法国化"，推行直接统治政策，委派殖民官员直接统治当地社会，推行文化同化政策，从语言、文字、宗教、教育和生活方式等方方面面对其殖民地进行渗透，殖民地的政治、经济、文化等方面受到严重破坏。这些毁灭性的破坏在殖民地独立之后依旧对殖民地的社会文化和经济结构有着显著深远的影响。

在诗的最后一节，入侵者的形象和破坏性通过"吸血鬼"这个典型意象再次得到强调：

> 它们是吸血鬼
>
> 天空依然蔚蓝
>
> 灵魂失去了所有清甜之水
>
> 其中掺杂着
>
> 一滴滴的尿水 ①

吸血鬼是欧洲文化中特有的一种文化现象，也时常出现在文学作品中。它们具有强大的力量，通过牙齿切入被害人脖子来吸取鲜血，夺取他人性命来保证自己不死不老。它们无法克制自己对鲜血的欲望，在贪

---

① U TAM'SI T. *Le Mauvais sang suivi de Feu de brousse et À triche – cœur* ［M］. *op. cit.*, p. 67.

婪私欲的驱使下，不择手段地获取鲜血，并且毫无罪恶感。在人们眼中，吸血鬼是一种恐怖神秘、残忍邪恶的嗜血恶魔，是众多罪恶的集合体。将入侵者比喻成吸血鬼，暗示着入侵者的罪恶和贪婪与吸血鬼相比有过之而无不及，比直接揭露入侵者的残暴罪行更能给人以深刻的印象，给人的想象以广阔的余地。

整首诗是历史的一个缩影，展现了非洲历史上所经历过的一段黑暗时期。丛林里的居民是历经苦难的非洲人民，其痛苦和灾难是由入侵者造成的，入侵者也就是在非洲大肆殖民扩张的西方殖民者，他们贪婪成性，对非洲进行无耻掠夺。原本平静富饶的土地遭到毁灭性的破坏，不仅是对生态环境和自然资源的破坏，对非洲文化也有着广泛深刻的冲击和破坏：非洲大陆因为西方入侵者的到来而深陷危机，非洲文明遭受巨大破坏，各族群"原有的种族、文化、宗教、语言共同体或被强行肢解，或被人合并，原有的历史进程被外力打断"①，非洲文化价值被贬低、抹杀，非洲人民在殖民者的摧残与奴役下，失去自由，生活悲惨。

在西方殖民者入侵之前，由于自身的历史条件和内部环境，非洲大陆的历史是一部自我发展、自我演进的历史，处于相对封闭与隔绝的状态，虽然发展缓慢并不完美，但正是因为这种相对的封闭与隔绝，让非洲大陆长期保持了自己的个性与特色。西方殖民者的侵略征服和野蛮奴役让非洲大陆陷入灾难性衰竭，改变了非洲大陆历史的进程和走向，日益落后于西方。非洲大陆还是那块大陆，就像诗中所说，"天空依然蔚

---

① 刘鸿武. 非洲文化与当代发展［M］. 北京：人民出版社，2014：216.

蓝"，但历经劫难之后，非洲大陆早就不是之前的那块"阳光大陆"：殖民主义的压榨摧残和黑奴贸易，让非洲大陆坠入世界体系的边缘落后位置；殖民统治可以说是集帝国主义、种族主义于一身，殖民主义者别有用心炮制的种族主义将非洲人民贬低为一个低劣的种族，野蛮愚昧、没有自己的历史文化，是强加于非洲人民的精神枷锁。"种族主义理论在非洲人民心灵上布下了重重的阴霾，建起了沉重的心狱，摧残并压抑着黑人的反抗精神和独立意识。"①没有了民族自信心和心灵归属的非洲人民就好似失去了灵魂，他们需要恢复自尊自信，重新唤起自我意识和民族意识，才能摆脱西方殖民者的统治，获得平等、自由和解放，非洲大陆才能最终走向独立解放的道路。

《吸血鬼飞行》所呈现的不是现实的情景而是诗人想象编织的画面。在这个梦幻的世界中，火是"毁灭者"的代表，是摧毁和改造外部世界的强大力量，火与毁灭的连接充满了暴力美学的意味，铺垫下了整首诗压抑阴沉的基调，承载着诗人对历史的思考，对西方殖民暴行的指控。通过具有启示性、视觉化的意象，激发读者更深刻的想象维度，聚焦罄竹难书的殖民罪行，再现非洲大陆的悲剧。

毁灭之"火"还出现在同一诗集的另一首诗《抵抗命运》（Contre – destin）中，乌·塔姆西用短短三句诗总结了毁灭之"火"过后的惨象：

不再有夕阳

---

① 刘鸿武．非洲文化与当代发展［M］．北京：人民出版社，2014：237.

有贪婪的草丛，

还有更猛烈的大火

……①

　　非洲大陆是西方近代全球扩张最早的侵略对象，也是西方近代扩张与侵略活动持续时间最长的地区，"西方人从开始侵占非洲沿岸地区和周围岛屿，到最后完成对整个非洲大陆的全部殖民分割并实施有效的实际占领与建立起完整的殖民统治，前后持续了400余年，远比对北美洲、中南美洲和亚洲一些地区的殖民侵略扩张的时间长得多"②，而且它也是"近代西方全球殖民体系最后崩溃的一块大陆，西方人在非洲的殖民统治，一直维持到了二十世纪的六七十年代"③。殖民"大火"延绵不绝且愈发猛烈，在长期的野蛮征服和侵略奴役中，非洲传统文化及其土著宗教被瓦解，非洲的历史文明被贬低甚至被抹杀，西方殖民者将非洲大陆贬低为根本没有自己历史和文化的大陆，非洲人民是愚昧无知的低劣种族。此类种族主义和种族歧视的谬论是西方殖民者维护或合法化其在非洲殖民统治的理论工具，也为西方文化中心主义和白人文化优越理论的盛行起到了重要的推动作用。它们在全世界大肆传播，影响恶劣，非洲人民

---

① U TAM'SI T. *Le Mauvais sang suivi de Feu de brousse et À triche – cœur* ［M］. *op. cit.*, p. 71.

② 刘鸿武. 非洲文化与当代发展 ［M］. 北京：人民出版社，2014：205.

③ 刘鸿武. 非洲文化与当代发展 ［M］. 北京：人民出版社，2014：205.

逐渐丧失了民族自尊心和自信心，"以白人文化为高贵之代名词，以黑人皮肤为低贱耻辱的象征，成为在世界上也在非洲黑人间流行的观念"①。在 20 世纪非洲大陆的民族解放运动中，这些种族主义谬论压抑着非洲人民的反抗精神和独立意识，成为非洲人民获得真正自由解放的精神障碍。

乌·塔姆西对祖国和人民有着深厚的情感，是一名有责任感和使命感的诗人。作为时代的见证者，他将祖国乃至非洲大陆的伤口艺术化地展现给世人，发出正义的声音，同时他作为民族和时代的良心，站在时代政治、社会文化的最前沿，以诗歌为载体，肯定非洲民族文化价值，唤起非洲人民自我意识，为改变自己压迫奴役的命运而抗争：

> 我忏悔
>
> 我有恶习
>
> 但我可以
>
> 忍受
>
> 有人在父母
>
> 面前
>
> 鞭打孩子吗
>
> ……
>
> 今晚武装我的人民

---

① 刘鸿武. 非洲文化与当代发展［M］. 北京：人民出版社，2014：237.

182

　　抵抗命运

　　……①

　　乌·塔姆西清醒地意识到非洲人民想要摆脱西方殖民统治获得独立、自由和新生，就必须起来反抗，而反抗成功的关键在于非洲人民自我意识的觉醒。只有自我意识的觉醒才能清除非洲人民的精神障碍，有效地抵抗西方殖民统治和西方文化征服，争取自身、民族乃至整个非洲大陆的解放和独立。20 世纪上半叶兴起的非洲文化复兴运动和民族主义旨在重新建立起非洲人民与自己历史文化的联系，"在殖民主义宗主国和世界面前证明非洲历史与文化的存在及其合法权利，证明非洲文化的独特价值及其与世界其他文化包括欧洲文化的平等地位，从而唤起殖民地社会民众对于自己文化个性、文化归属的自尊、自信和认同"②。

　　在这场文化复兴运动中，许多非洲普通民众是通过非洲知识分子对非洲文化的倡导而开始意识到自己的尊严、价值和权利，从而投身到非洲独立解放运动当中的。诗句"武装我的人民/抵抗命运"反映了诗人作为非洲知识分子精英，高举非洲文化复兴运动的旗帜，号召祖国人民抑或是整个非洲人民用民族主义和现代民主主义为斗争武器，实现现代意义上的文化觉醒，直接反抗殖民主义和种族主义的压迫奴役，争取自

---

① 　U TAM'SI T. *Le Mauvais sang suivi de Feu de brousse et À triche – cœur* ［M］. *op. cit.* , p. 71 – 73.

② 　刘鸿武. 非洲文化与当代发展 ［M］. 北京：人民出版社，2014：233 – 234.

由平等权利，为非洲大陆政治、经济、社会、文化等全面发展开辟道路。

　　作为时代的见证者、有责任感和使命感的诗人，乌·塔姆西将祖国乃至非洲大陆的伤口艺术化地展现给世人，发出正义的声音；同时作为民族和时代的良心，他站在时代政治、社会文化的最前沿，以诗歌为载体，肯定非洲民族文化价值，唤起非洲人民自我意识，号召他们为改变自己压迫奴役的命运而抗争，为非洲的复兴和发展提供动力。因此，他的诗歌中不乏"武装""反抗""抵抗命运"等字眼，而具有不可逆转的破坏性的火也被赋予了反抗和重生的意义。

　　火是人类文明的象征，代表温暖、明亮，给人带来希望。古希腊神话中，盗火英雄普罗米修斯为了人类的光明幸福而献身，这让"盗火"成为对于至高无上的权力体系的一种挑战和撼动，让火有了反传统、反专制的反抗斗争特质。火亦可象征着对人类的救赎和洗礼，人类走过黑暗、经受历练，最后获得新生。具有反抗和重生力量的火折射了以诗人为代表的非洲人民在苦难之后对新生活和美好未来的渴求和追寻。在第一部诗集《坏血统》中，乌·塔姆西借助火的形象，呈现了肩负复兴非洲重大历史使命和非洲新生代的坚毅决心：

　　　　我用头对抗虚假的虚无

　　　　为了重新发现巨人的史诗……

　　　　我是硬化的钢铁，新种族的火

　　　　在我鲜红的血液中除去河流中不安泡沫

……①

"虚无"是对存在的否定，暗指西方殖民者对非洲大陆及其人民的否定，"虚假"更是揭示了这种否定的无稽，对抗这种虚无的目的是"重新发现巨人的史诗"，也就意味着抗争是为了重现非洲的辉煌，让非洲大陆重获新生。那么，肩负此重任的是谁呢？是"我"，是经受高温锤炼的"钢铁"，是具有强大创造能力的"新种族之火"，是千千万万渴望自由平等的非洲人民，他们的身体和灵魂历经考验，充满了力量和斗志，他们是非洲复兴的希望。这是乌·塔姆西对非洲人民的一种动员，因为他清醒地意识到只有非洲人民自我意识的觉醒才能清除非洲人民的精神障碍，才能摆脱西方殖民统治获得独立、自由和新生，争取自身、民族乃至整个非洲大陆的解放和独立。

这种具有强大创造力，促使走向重生的火也在诗集《丛林之火》中延续，它作为一种标志，指引非洲人民前进的方向：

　　　我看见人们
　　　超越自己的视野
　　　我将火理解为我的存在
　　　我是那些支撑我的人
　　　的血肉

---

① U TAM'SI T. *Le Mauvais sang suivi de Feu de brousse et À triche – cœur* ［M］. *op. cit.*, p. 43.

　　　　我明白我的源头如同洗刷耻辱

　　　　的欲望之火。①

　　非洲人民在多灾多难的历史中得到了锤炼和净化，他们不再是火的
拥有者而是火本身，蕴含着一种顽强的生命力量以及不屈不挠的精神，
他们在苦难中超越自我，积蓄力量，等待那一个终将到来的时机，如凤
凰涅槃般重生，一雪前耻。

　　借助火的意象，乌·塔姆西同样站在人类与世界未来的角度，表达
了包括非洲人民在内的世界人民期盼实现和平与繁荣的梦想。在其后期
的诗作中，尤其是在诗集《肚子》中，毁灭与重生之火化身为和平之
火，承载着诗人对和平深切的呼唤：

　　　　我只想从鱼塘里来

　　　　为了在

　　　　指定时间说

　　　　这场盛宴缺少潮汐和

　　　　只有血肉可以给予心的火。②

　　这是《盛宴》的第一节诗，此处的盛宴就是指殖民者在刚果犯下

---

① U TAM'SI T. *Le Mauvais sang suivi de Feu de brousse et À triche – cœur* ［M］. *op. cit.*, p.
64.

② U TAM'SI T. *Le Ventre suivi de Le Pain ou la Cendre* ［M］. *op. cit.*, p. 55.

的殖民暴行，这场肮脏和致命的狂欢缺少了"潮汐和火"，潮汐蕴含着巨大的能量，给人带来光明和动力，火亦象征着生之希望。诗人以第一人称"我"道出这片死气沉沉的土地缺乏生机和活力，表达出对祖国未来的期盼和对和平的向往。

"毁灭之火"代表了殖民入侵给非洲带来的毁灭和灾难，另一方面，"火"也被赋予了重生和和平的意义，凝结着诗人对祖国和非洲未来发展的殷殷希望和对世界和平的无限追求。这些集中于火意象的含义展现了乌·塔姆西的一个创作历程：由揭露殖民主义的罪恶到反抗殖民主义、捍卫民族尊严，再到最后站在全人类的角度，着眼于全世界的和平，体现了他的诗歌不仅带有强有力的政治性，也闪烁着人道主义的光辉。

第三节　塔蒂·卢塔尔

在塔蒂·卢塔尔的诗歌中，大海占据着重要的位置，它是含义最丰富、包含诗人情感最多的意象。大海是母亲的化身、故乡的象征，是故土的保护者，是诗人的根之所在。大海，在诗人的笔下，不只有温情的一面，也有悲伤的一面。面对大海，诗人有时也会联想到永远安睡于海底的祖先，吞噬了无数生命的大海变成了"死亡之海"。

一、死亡之海

奴隶贸易是西方殖民主义者在资本原始积累的推动下，对非洲发动的一场劫掠。16 世纪以后，随着北美洲、西印度群岛和中美南美洲种植园经济以及工矿业的发展，非洲大陆便成了西方殖民者捕获廉价奴隶劳动力的场所，非洲奴隶沦为如同黄金、象牙一般的商品大批运销海外。1501 年，第一船非洲奴隶从西非海岸横渡大西洋，运到新大陆，之后规模越来越大。"从 15 世纪中叶到 17 世纪中叶，奴隶贸易的范围集中在大西洋东西两岸，因此史书上一般称之为大西洋奴隶贸易。……尤其西非沿海的塞内冈比亚地区以及自沃尔特河与尼日尔河之间的下几内亚海地区，包括今加纳、多哥和贝宁沿海地区及尼日利亚西部海岸，被称为'奴隶海岸'。"①从 17 世纪中叶至 18 世纪下半叶，是非洲奴隶贸易最猖獗的时期。奴隶成了非洲可供输出的"单一商品"，奴隶贸易成为非洲、欧洲和美洲之间的唯一贸易活动，直到 19 世纪下半叶，奴隶贸易才逐步趋向衰落。

被掠夺的非洲奴隶大多数是非洲青壮年劳动力，他们失去了自由，遭到了非人的待遇，肉体和精神受到了双重的折磨。他们从被俘的地方横渡大西洋被运往美洲，这段过程便是一场生死的考验，因为海路运输奴隶有着相当高的死亡率。非洲历史研究专家舒运国教授在《非洲史研究入门》一书中列举了国外专家对海路上奴隶死亡率的相关数据，

---

① 吴秉真. 非洲奴隶贸易四百年始末 [J]. 世界历史，1984 (04)：84.

"罗特伯格认为海路上的奴隶死亡率平均为25%~33%，哈格里夫斯的估计为1/6，而费奇认为至少是1/6。另一些专家对各国贩奴船进行分别估算，有人认为在大西洋奴隶贸易船中，法国船为12%，荷兰和英国船为17%，葡萄牙船为15%，但在19世纪禁止奴隶贸易后却上升到25%~30%；达菲认为葡萄牙船的平均死亡率为20%~30%。还有的专家根据不同时期进行估算，认为16—17世纪驶往巴西的贩奴船的奴隶死亡率为15%~20%，19世纪早期降至10%"①。

不管以何种方式计算，这些数据都显示非洲奴隶在海运的过程中大量死亡。贩奴船上的条件极为恶劣，奴隶们被剥光衣服，被铁链捆住手脚，像货物一样被塞进空间狭小的船舱内。如果有一人得病，传染开来，被发现后生病的奴隶会被奴隶贩子扔下大海。在奴隶贸易的后期，也就是18世纪末19世纪初，奴隶贸易禁止令通过后，奴隶贸易成了非法贸易，当贩奴船遇到巡查的武装船队时，奴隶贩子为了逃避惩罚，会毫不留情地将奴隶投入大海。还有奴隶为了逃脱未来不幸的命运，选择跳海自杀，也有奴隶在海运的过程中发起反抗和暴动，"18世纪时，英国贩奴船上有文字记载的暴动有18次。1700—1845年间，在英、美贩奴船上发生过55次奴隶起义"②。

罪恶的奴隶贸易给非洲带来了十分恶劣的影响。非洲大批青壮年劳动力人口流失，造成非洲劳动力的巨大损失和社会动乱，破坏了非洲本地的农业生产和经济发展，是造成非洲大陆长期落后的一个重要原因，

---

① 舒运国. 非洲史研究入门 [M]. 北京：北京大学出版社，2012：124.
② 吴秉真. 非洲奴隶贸易四百年始末 [J]. 世界历史，1984（04）：87.

正如研究奴隶贸易的学者指出，"14—15 世纪，非洲文明的发展程度未必低于欧洲，而且比美洲高得多。但是，经过 400 余年的奴隶贸易，西欧、北美成了资本主义发展的先进地区，拉丁美洲的经济也有了相当的发展，但非洲明显落后了"①。

　　刚果王国在非洲奴隶贸易时期是奴隶的主要来源地，刚果河河口南岸的村庄成为贩卖奴隶的港口。被奴隶贩子深入非洲内陆抓来的奴隶和从当地首领那里买来的奴隶从刚果河河口运往美洲。据《利奥波德国王的鬼魂》一书记载，从 17 世纪初开始，被送往北美南部的棉花和烟草种植园劳作的奴隶中，大约 1/4 来自大西洋对岸的非洲赤道地区，包括刚果王国。往返大西洋两岸的奴隶贸易让刚果人口锐减，整个王国处在奴隶买卖热潮的威胁之下。在面对大海时，塔蒂·卢塔尔无法忘怀刚果王国历史上最黑暗的一页，不禁联想到波涛汹涌的大海深处所堆积的具具白骨，大海见证了刚果黑暗的历史，也见证了祖先们惨绝人寰的经历：

> 在波浪的远处，海鸥的翅膀
>
> 扇动着满是污迹的海
>
> ——受尽侮辱和废弃的乌木——
>
> 带给我这些的肚脐
>
> 将我与几个世纪的蔑视连接

---

① 舒运国．非洲史研究入门［M］．北京：北京大学出版社，2012：126 – 127.

　　大海聚集所有骨头

　　在珊瑚树的十字架下 ①

　　此诗中的大海呈现的不再是温柔母亲的形象，它"满是污迹"，充斥着"受尽侮辱和废弃的乌木"。"乌木"是欧洲奴隶贩子对非洲奴隶的蔑称，利欲熏心的西方殖民者将一具具鲜活的生命看作是供白人享受支配的物品。奴隶们受尽侮辱和虐待，像物品一样被残忍地以低廉的价钱进行交易。"几个世纪的侮辱和蔑视"正是指从 15 世纪中叶一直延续到 19 世纪末的非洲奴隶贸易。不计其数失去自由的非洲人，从此离开家园，一去不复返。在海运的过程中，成千上万被抛弃的黑奴沉尸海底，大海变成了一座大型的坟墓，成了奴隶贸易活跃的运载工具和被动的证人。正如诗人在《海之诗》的第一首诗中写道：

　　海洋不再是我们的坟墓，

　　而是我们古老的石棺，

　　我们的遗物

　　被埋在四百年的沙子下

　　并被未曾见过的所有天空的皮肤

　　所覆盖。②

---

① TATI LOUTARD J B. Œuvres poétiques. op. cit. , p. 29.

② TATI LOUTARD J B. Œuvres poétiques. op. cit. , p. 205.

这"四百年"就是罪恶的奴隶贸易持续的四百年，"我们的遗物"亦包含了无数诗人祖先也就是非洲奴隶埋在海底的尸骨，他们的鲜血和大海融为一体，"奴隶的血液在大海的血管中/变成了蓝色"①。"死亡之海"的形象不断在塔蒂·卢塔尔的诗中呈现，海底坟墓的意象也在诗中不断得到强调，甚至有一首诗直接以《海底坟墓》（*Tombes sous – marines*）为题，悼念那些尘封在历史里的鲜活生命：

> 自由依然压倒我们
>
> 藻类和珊瑚朋友们
>
> 没有停止守护我们的死者。
>
> 有一天我们会在床边增强
>
> 你们的韧性，
>
> 为葬礼，我们将使大海干涸。②

殷殷鲜血，累累白骨，奴隶贸易虽早已结束，但非洲人民却仍未获得真正的自由。大海依旧澎湃，这段黑暗的历史也不能被遗忘，非洲人民应从历史中吸取教训和前行的力量。在塔蒂·卢塔尔的笔下，大海成为世人与这段历史的连接物，每每想起，痛苦席卷而来，在缅怀永埋海底的死者们的同时，亦被无法抑制的悲伤包围：

---

① TATI LOUTARD J B. *Œuvres poétiques. op. cit.*, p. 28.
② TATI LOUTARD J B. *Œuvres poétiques. op. cit.*, p. 30.

我的目光久久落在海面上

像只小船

语言船摆太阳的破碎

逃脱的无名海鸟

鸟类学家的手

一直纠缠到它流泪

我像福音派的母亲一样哭泣

死者溶解在海浪的盐里 ①

　　诗人的目光锁定在海面上，曾经在此发生过的场景好似重新浮现于诗人眼前，如弃物般被投入大海的祖先，跳海自杀的祖先，一条条鲜活的生命没能逃脱死亡的命运。大海溶解了无数祖先的尸体，即使它们早就被溶解，消失于无形，那一段历史岂能随着尸体的消失而被抹杀？每每联想到祖先们沦为奴隶葬身海底的不幸命运，大海便成为诗人悲伤和痛苦的来源。因此，在塔蒂·卢塔尔的诗歌世界里，大海成了一个复调的世界，欢乐和痛苦融合在一起，并反映出人类生活的沧桑。有时，大海也作为人类生存的对手存在，在诗集《太阳的背面》里，《渔夫已去》（*Le Pêcheur a disparu*）讲述了渔夫投入到对抗大海的战斗中：

渔夫会在哪里？

---

① TATI LOUTARD J B. *Œuvres poétiques. op. cit.* , p. 205.

昨天沿着绿色的水径

穿越重重礁石和曲折的大海

鲨鱼的跳和海豚的跃，

海上骑士又会在哪里？

是木舟独返于海浪的疾驰

向着他沙上的马厩。

盐渍的身躯没有任何瘤块！

无疑死亡在浪的中空里

有它自己的审判

……

这徒劳的搜寻给我们双眼怎样的折磨

在眼睑投下阴影！

你是否睡了，哦，不再比萤火更亮的你？①

　　透过这些诗句，可以体会到海洋的浩瀚以及人类的渺小，在双方的战斗中，大海经常战胜人类。渔夫被称为海上骑士，勇敢地出海，去和大海搏斗，他的生命悬于一线。大海有着野性的一面，海中的暗礁、鲨鱼和海豚等，都预示着渔夫面临的危险，他能否安全地回来，这种不确定通过诗中的时态（条件式现在时）、疑问和感叹来强调。渔夫和大海的斗争，其实也是渔夫和他自己的命运抗争，每次回到沙滩上就是一种

　·① 　TATI LOUTARD J B. *Œuvres poétiques. op. cit.* , p. 135.

胜利，一种人类对抗自然的胜利，此时，大海不再是幸福的来源，它是人类的对手，是人类生存要战胜的困难。

塔蒂·卢塔尔在诗中揭示了大海危险的一面，它是生命的吞噬者，那些无法逃脱命运安排的人，那些与命运抗争的人，都葬身于此。对大海阴暗一面的揭露是对贪婪绝情的西方殖民者的控诉，尤其是对罪恶奴隶贸易的谴责。西方殖民者的野蛮征服使包括刚果人民在内的非洲人民陷入漫长的压迫和奴役中，它们成为"近代史上最受残酷虐待、最受屈辱的人民"①。从 20 世纪初开始，非洲大陆非殖民地化历史阶段开启，在非洲文化复兴与个性认同运动中，非洲民族主义知识分子宣扬非洲传统文化价值，唤醒非洲人民的自我意识，鼓励非洲人民反抗西方殖民主义统治奴役和文化征服同化，投入到争取民族独立解放和自由的斗争中，直到最终摆脱西方殖民者的统治。塔蒂·卢塔尔也借用诗歌的力量，激励祖国人民的斗争精神，比如在《当国家肮脏时》（*Quand le pays est sale*）这首诗中，他主张为国家的事业而献身：

> 当国家肮脏时
>
> 睡意成为星辰
>
> 第二天一个黑影
>
> 出现在雾中
>
> 当你的国家肮脏

① 刘鸿武. 非洲文化与当代发展［M］. 北京：人民出版社，2014：208.

　　　　请用你的血洗净。①

　　用"你"来称呼祖国人民，好似和祖国人民直接对话，显得亲切动人，诗人的感情表达更为真挚，更具感染力。最后一句命令式的使用，更是表达了诗人强烈的愿望，"当你的国家肮脏时"，也就是当祖国受到屈辱时，作为她的儿女，怎能忍气吞声，无所作为，应当群起反抗，为了祖国的自由解放抛洒热血，洗去她的屈辱。就算此路漫漫，困难重重，也要保持高昂的斗争精神，总有一天，会看到胜利的曙光，会走向"光荣的三天"：

　　　　斗争在人群中扩张

　　　　他们走向光荣的三天

　　　　啊，自由现在从头到脚覆盖了我们！②

　　这是《光荣的三天》（*Les Trois Glorieuses*）的最后一节诗，饱含刚果（布）人民赢得自由后的喜悦。1963 年，刚果（布）人民发动"八月革命"，推翻尤卢反动政权，成立新政府。"光荣的三天"便是指"八月革命"，而刚果（布）的国歌也以《光荣的三天》命名，突出刚果（布）人民的艰苦斗争和取得胜利的豪情："如果子弹击中我的心脏，千万颗心无所畏惧，大地河山也要奋起，把敌人赶出去！我们打碎

---

　　① TATI LOUTARD J B. *Œuvres poétiques. op. cit.* , p. 328.
　　② TATI LOUTARD J B. *Œuvres poétiques. op. cit.* , p. 354.

锁链，愉快地劳动，我们国家拥有主权，我们国家拥有主权。祖国从此站起来，和各民族平等相待。唯有人民能指引我们，唯有他能下定决心，恢复自己的尊严，勇敢地前进！我们打碎锁链，愉快地劳动，我们国家拥有主权，我们国家拥有主权。"

本章小结

桑戈尔、乌·塔姆西和塔蒂·卢塔尔三位诗人都将批判的矛头指向了西方殖民者的暴行，对殖民主义的罪恶进行了坚决有力的揭露和抨击。塞内加尔和刚果（布）在共同的殖民命运之下有着各自的历史经历，而诗人本身有着不同的人生经历，这些因素导致三位诗人在揭露和抨击的过程中侧重点有所不同。有着参军经历的桑戈尔不遗余力地为第二次世界大战中包括塞内加尔狙击兵团在内的法国外籍兵团发声，突出他们遭受到的不公正待遇，直指殖民者的寡恩和无情；作为种族主义的受害者之一，他也对殖民者炮制的种族主义毫不留情地进行抨击和谴责。虽然桑戈尔对奴隶贸易的罪恶也有所提及，但揭露和抨击的程度不如来自刚果（布）的两位诗人那么猛烈。成为奴隶贸易当中"奴隶猎货场"之一的刚果王国，在这段历史中损失惨重，奴隶贸易给刚果人民带来了无穷的灾难。作为刚果人民的一分子，两位诗人无法忘怀这段历史，这段历史化作诗歌里浓墨重彩的一笔，不断提醒世人要铭记历史，不忘耻辱，化悲愤为力量，为国家独立解放和自由而奋斗。值得一提的是，这三位诗人的视野都没有局限在自己的国家，而是放眼整个非洲大陆，对他们而言，非洲人民是一个命运共同体，有着一样的斗争目标，未来也息息相关。

西方殖民者对非洲的征服并未考虑真正地发展非洲，他们在非洲大力扩张传播西方的文化和价值观念，进行文化同化和文化征服，散播种族主义与欧洲文化中心主义，对非洲人民进行文化压迫和奴役。三位诗人在诗歌中对殖民主义、种族主义尤其是奴隶贸易的批判包含了他们对历史的思考，旨在让世人认清殖民者的面目，反对种族主义和文化殖民同化政策，清除非洲人民获得自由的精神文化障碍，倡导非洲文化的个性和历史价值，唤起非洲人民的自尊和自信，代表着非洲文化的觉醒。他们试图从文化上说明自身的独立地位和价值，证明自己的文化属性，因为他们深知非洲人民自我身份的确认在获得解放、独立和自主的道路上是如此重要，"非洲历史文化在几百年的奴隶贸易中由于大量黑人被杀被贩卖，文化的衰竭、失散、中断已是十分严重，许多黑人的文化之根、历史之源，似乎都已变得模糊不清。确认自己的文化根源和心灵归属，仍是非洲人民走向政治解放、独立、自主的必要前提"①。

---

① 刘鸿武．非洲文化与当代发展 ［M］．北京：人民出版社，2014：238.

结　语

桑戈尔、乌·塔姆西和塔蒂·卢塔尔三位诗人的作品充分体现了20世纪非洲法语诗歌的特点。首先，诗歌具有政治色彩，要求民族解放、渴望独立自主的呼声在诗中直接或间接地体现，诗歌承载着诗人对祖国甚至整个非洲历史和现实的思考，在非洲反对帝国主义和殖民主义的斗争中发挥着重要的作用。诗歌的政治性与三位诗人的社会阶层和教育背景密不可分，他们都是非洲民族知识分子，接受了一定程度的西方教育，有着强烈的民族意识和国家观念。在与西方世界的接触中，他们熟悉了西方的文明、思想和社会风尚，最先了解了西方自由民主思想和认清了殖民主义的本质，文化水平最高且具有积极进取的精神，有能力在民族独立运动中充当先锋、领导。正如莫桑比克的蒙德拉纳指出，"大体来说仍然只有受过教育的少数人，才可能了解事态的发展，才能同外部世界有充分的接触，也只有他们能够养成分析思考的习惯，从而掌握必要的工具来了解整个殖民现象"①。

在此了解过程中，非洲民族知识分子对殖民统治的认识是不断变化的。北京大学非洲研究专家李安山教授在其对西非民族知识分子的研究中指出，从民族知识分子的形成到第二次世界大战，西非民族知识分子对殖民统治的反应经历了从幻想迷惘到不满抱怨，再到要求内部改革的三个阶段；从第二次世界大战到民族独立运动高涨的 1950 年末到 1960年初，他们从要求殖民机构内部改革转向争取摆脱殖民统治的斗争。

这个演变的过程在桑戈尔的诗歌创作中表现得尤为明显，因为他的诗歌创作和他的政治活动有着一致的目的。在其早期的诗歌作品中，有着较为明显的法兰西烙印，通过有些诗句可以感受到诗人对前宗主国改变殖民政策抱有幻想；之后的作品中又能读出诗人对法兰西的失望和愤怒，以及对自我、祖国和前宗主国的重新审视；在后期的诗作中，尤其是塞内加尔独立后创作的诗歌中，可以看到诗歌的重点已经移向对祖国以及非洲的赞美和歌颂。这与他所倡导的"黑人性"运动相吻合，"黑人性"作家包括诗人主张从非洲传统生活和文化风俗中汲取灵感和营养，寻找创作主题，展示非洲悠久丰富的历史、风土人情以及非洲人民饱满的精神面貌和处世哲学，表达非洲人民的淳朴情感和人文情怀。毋庸置疑，"黑人性"理论深深影响着非洲法语诗歌，"在非洲黑人诗歌创作中，黑人精神已经变成了非洲诗人创作诗歌的伦理价值的内核，变成了非洲诗人如何认识和评价非洲黑人、确认非洲黑人身份、认识非洲

---

① 舒运国．非洲史研究入门［M］．北京：北京大学出版社，2012：148－149.

黑人价值以及黑人如何反抗种族歧视和争取平等地位的原则和观念"①。

　　提到非洲法语诗歌，无法绕开第一部整体介绍非洲法语诗人的诗选《黑人和马尔加什法语新诗选》，这部诗选的出版确立了非洲文学的伦理，改变了非洲文学从属于法国文学的地位，意味着非洲文学成为一种独立的文学，成为世界文学宝库中的一部分。法国作家萨特（Sartre）为这部诗选写了长序《黑肤的奥尔甫斯》，借用希腊神话奥尔甫斯的形象，赞扬非洲诗人，宣称"法语的黑人诗歌是当今唯一伟大的革命诗歌"②。

　　因此，包括桑戈尔、乌·塔姆西和塔蒂·卢塔尔在内的非洲诗人在诗歌创作中都不约而同地选择以非洲人的视角呈现非洲风景、非洲形象和非洲精神，为自己的祖国代言，为非洲大陆发声，揭露殖民主义统治给非洲带来的痛苦，向非洲人民发出激昂的号召，"要不屈地战斗，争取民族的解放"。从这一点来说，他们的诗歌具有战斗性。

　　在他们的诗作中，非洲历史和传统文化占据着无可替代的位置，悠久独特的非洲历史让非洲诗歌具有了自己的厚度和质感，丰富多样的非洲传统文化，例如非洲传统音乐、舞蹈等艺术形式为诗人提供了无限的创作源泉，让非洲诗歌拥有了独有的节奏、韵律和动感。这些诗人对非洲历史的书写，对非洲传统文化的借鉴和使用，不仅是对个人自我身份

---

① 俞灏东，杨秀琴，俞任远．非洲文学作家作品散论［M］．银川：宁夏人民出版社，2012：291.
② 俞灏东，杨秀琴，俞任远．非洲文学作家作品散论［M］．银川：宁夏人民出版社，2012：294.

的表述和确认，也是对非洲人集体身份的构建或重塑。这对唤起非洲人民的民族自尊心和民族自豪感至关重要，因为历史与文化是一个民族得以自立、自尊、自我认同的根本。"奴役、征服、毁灭一个民族，莫过于切断并毁灭它的历史与文化，莫过于切断它与它的历史文化的联系。失去自己历史与文化的民族，必将失去自我的独立地位和尊严，成为别的征服者的陪衬、注脚。"①非洲诗人深深明白这一点，他们也意识到自身肩负的责任和使命，诗歌成为他们完成使命的一种手段。在他们的诗歌世界中，非洲不再是神秘、充满异域情调的背景，不再是反照自我的他者，而是被描述的主体，是能够充分表达自身、丰富立体的自我。

包括三位诗人在内的大部分非洲诗人曾经接受过西方教育，熟悉西方的政治、经济、道德、宗教等意识形态，更是受到相关西方国家文学的熏陶，具有双重文化背景。两种异质文化在他们的诗歌中既有碰撞也有融合，因此他们的诗歌也反映出一定的杂糅性和矛盾性，"生命与死亡、瞬间与永恒、人与自然、爱与恨、苦与乐等两极性矛盾在文化的夹缝中因掺和进了新的内容而表现为一种独特的困惑"②，这种困惑也可理解为一种身份困境。

在桑戈尔后期的诗作中，他"试图在黑非洲文明和法兰西文明之间努力寻求一条'和谐共生'之路，你中有我，我中有你，互相补充，

---

① 刘鸿武. 非洲文化与当代发展［M］. 北京：人民出版社，2014：248.
② 汪剑钊，译. 非洲现代诗选（上）［M］. 石家庄：河北教育出版社，2002：19.

携手共进"①。这种"和谐共生"意识是非洲法语诗歌的重要特点之一。换一种说法，也就是人道主义精神始终贯穿于非洲法语诗歌中，虽然初期诗作表现出反抗殖民主义，捍卫民族尊严，但到后期"相当一部分诗人摒弃了狭隘的民族对立，站立在宇宙与人类的角度，不再局限于对本民族利益的维护，而是着眼于全世界的平等、宽容、博爱等，一视同仁地对待肤色各有差别的各民族人民，以钢琴上的'黑键'与'白键'做比喻，祈求共奏一曲全人类友好相处的交响乐"②。

桑戈尔、乌·塔姆西和塔蒂·卢塔尔是非洲法语诗人的重要代表，他们的诗歌只是展现了丰富多样的非洲法语诗歌的"冰山"一角，非洲法语诗歌的独特风貌和深厚内涵还有待继续挖掘，从而更加贴近那片美丽神奇而又富有魅力的土地。

---

① 赵静. 从"他者"的视角看世界——桑戈尔诗歌中的法兰西意象［J］. 时代文学（下半月），2014（01）：224.
② 汪剑钊，译. 非洲现代诗选（上）［M］. 石家庄：河北教育出版社，2002：18.

参考文献

一、中文期刊、报刊论文

包茂宏. 试析非洲黑人的图腾崇拜 [J]. 西亚非洲, 1993 (03): 67–70.

高九华. 蓬皮杜与桑戈尔 [J]. 世界知识, 1985 (13): 27.

郭佳. 撒哈拉以南非洲基督教的历史与现实 [J]. 世界宗教文化, 2016 (03): 62–68.

何心爽. 迎风的黑色太阳花——桑戈尔诗歌中的女性形象解读 [J]. 北方文学, 2017 (30): 72–73.

户思社. 试论兰波对现当代诗歌的影响 [J]. 外国语文, 2010, 26 (06): 7–10.

李安山. 法国在非洲的殖民统治浅析 [J]. 西亚非洲, 1991 (01): 25–31+79–17.

李安山. 论西非民族知识分子的形成及其发展 [J]. 西亚非洲,

1985（06）：40 - 53.

李建英.“我是另一个”——论兰波的通灵说［J］.外国文学评论，2013（01）：136 - 148.

李建英.以诗歌“改变生活”——博纳富瓦论兰波［J］.外国文学评论，2015（03）：209 - 220.

李夏裔.简析关于“通灵人”的两封信［J］.法国研究，1988（02）：39 - 43.

黎跃进.“黑人性”运动与桑戈尔［J］.衡阳师范学院学报，2012，33（02）：90 - 93.

桑戈尔，李宝源.黑人传统精神之争——《行动的诗歌》一书节录［J］.西亚非洲，1980（02）：76 - 78.

刘振怡.文化记忆与文化认同的微观研究［J］.学术交流，2017（10）：23 - 27.

聂珍钊.黑人精神（Negritude）：非洲文学的伦理［J］.华中科技大学学报（社会科学版），2018，32（01）：51 - 58.

单百灵，陈小妹.流放中的上帝之子——解读兰波的诗歌《坏血统》［J］.安徽文学（下半月），2009（01）：133.

施雪莹.“黑人性”运动的文学思考［J］.当代外国文学，2018，39（01）：79 - 87.

温庆新.文化记忆：历史的再现与建构［N］.中国社会科学报，2018 - 11 - 22（008）.

吴秉真.非洲奴隶贸易四百年始末［J］.世界历史，1984（04）：

83 - 88 + 82.

　　吴晓川. 兰波诗歌的感官化与象征化探微［J］. 西华师范大学学报（哲学社会科学版），2013（05）：17 - 20.

　　夏艳. 非洲现代文学：种族、环境与时代［J］. 思想战线，2010，36（03）：145 - 146.

　　辛禄高. 桑戈尔：直觉地呈示非洲部落的节奏［J］. 大连海事大学学报（社会科学版），2010，9（04）：119 - 122.

　　俞灏东. 被"同化"还是保持了"黑人性"？——试论桑戈尔其人及其诗歌创作［J］. 宁夏大学学报（社会科学版），1990（04）：79 - 85.

　　赵静. 从"他者"的视角看世界——桑戈尔诗歌中的法兰西意象［J］. 时代文学（下半月），2014（01）：223 - 224.

　　张艳芳. 多元文化背景下跨文化认同理论的内涵及意义分析［J］. 文学教育（上），2018（02）：180 - 182.

　　张弛，沐涛. 殖民时期法国对塞内加尔同化政策评析［J］. 上海师范大学学报（哲学社会科学版），2019，48（03）：143 - 152.

　　庄慧君. 非洲杰出的学者和民族主义领导人——列奥波尔德·桑戈尔［J］. 西亚非洲，1984（01）：83 - 87.

二、中文译著、论著

　　阿尔蒂尔，兰波. 兰波作品全集［M］. 王以培，译. 北京：作家出版，2011.

阿莱达，阿斯曼．回忆空间：文化记忆的形式和变迁［M］．潘璐，译．北京：北京大学出版社，2016．

安斯加，纽宁、维拉，纽宁．文化学研究导论：理论基础·方法思路·研究视角［M］闵志荣，译．南京：南京大学出版社，2018．

蒂费纳，萨莫瓦约．互文性研究［M］．邵炜，译．天津：天津人民出版社，2003．

哈罗德，布鲁姆．影响的焦虑：一种诗歌理论［M］．徐文博，译．北京：中国人民大学出版社，2019．

汉斯－格奥尔格，伽达默尔．真理与方法［M］．洪汉鼎，译．上海：上海译文出版社，1999．

胡戈，弗里德里希．现代诗歌的结构：19 世纪中期至 20 世纪中期的抒情诗［M］．李双志，译．南京：译林出版社，2010．

加斯东，巴什拉．火的精神分析［M］．顾嘉琛，译．北京：商务印书馆，2010．

凯文，希林顿．非洲史［M］．赵俊，译．上海：东方出版中心，2012．

克林斯，布鲁克斯．精致的瓮：诗歌结构研究［M］．郭乙瑶，王楠卫，等，译．上海：上海人民出版社，2008．

勒内，韦勒克、奥斯汀，沃伦．文学理论［M］．刘象愚，邢培明，陈圣生，李哲明，译．杭州：浙江人民出版社，2017．

李保平．传统与现代：非洲文化与政治变迁［M］．北京：北京大学出版社，2011．

理查德，雷德. 现代非洲史［M］. 王毅，王梦，译. 上海：上海人民出版社，2014.

李骞. 诗歌结构学［M］. 北京：中国社会科学出版社，2017.

列奥波尔德，塞达，桑戈尔. 桑戈尔诗选［M］. 曹松豪，吴奈，译. 北京：外国文学出版社，1983.

刘成富. 文化身份与现当代法国文学［M］. 南京：南京大学出版社，2017.

刘鸿武. 非洲文化与当代发展［M］. 北京：人民出版社，2014.

乔治，莱考夫、马克，约翰逊. 我们赖以生存的隐喻［M］. 何文忠，译. 杭州：浙江大学出版社，2015.

舒运国. 非洲史研究入门［M］. 北京：北京大学出版社，2012.

特里，伊格尔顿. 如何读诗［M］. 陈太胜，译. 北京：北京大学出版社，2016.

汪剑钊，等译. 非洲现代诗选（上）［M］. 石家庄：河北教育出版社，2002.

汪剑钊，等译. 非洲现代诗选（下）［M］. 石家庄：河北教育出版社，2002.

许永璋，王严，武涛. 非洲五十四国简史（上）［M］. 杭州：浙江人民出版社，2014.

许永璋，王严，武涛. 非洲五十四国简史（下）［M］. 杭州：浙江人民出版社，2014.

亚当，霍赫希尔德. 利奥波德国王的鬼魂［M］. 扈喜林，译. 北京：社会科学文献出版社，2018.

扬·阿斯曼．文化记忆：早期高级文化中的文字、回忆和政治身份 [M]．金寿福，黄晓晨，译．北京：北京大学出版社，2015.

俞灏东，杨秀琴，俞任远．非洲文学作家作品散论 [M]．银川：宁夏人民出版社，2012.

赵炎秋．文学批评实践教程 [M]．长沙：中南大学出版社，2015.

赵静蓉．文化记忆与身份认同 [M]．北京：生活·读书·新知三联书店，2015.

郑克鲁．法国诗歌史 [M]．北京：商务印书馆，2018.

茱莉亚，克里斯蒂娃．诗性语言的革命 [M]．张颖，王小姣，译．成都：四川大学出版社，2016.

三、中文学位论文

梁敏．逃离与叛逆：兰波及其诗歌研究 [D]．济南：山东大学，2016.

师冉冉．兰波与李金发诗歌比较研究 [D]．上海：上海师范大学，2017.

魏新春．论全球化语境中的文化身份与民族文化 [D] 桂林：广西师范大学，2003.

张弛．法国对塞内加尔同化政策研究 [D]．上海：上海师范大学，2016.

四、外文期刊

CHEMAIN A. *Poésie et affleurement du mythe: introduction à l'œuvre lyrique de Jean – Baptiste Tati – Loutard* [J] . In: *Présence Africaine*, 1988/1, N°145, p. 115 – 140.

CHEMAIN DÉGRANGE A. *Le Poète et son temps: Jean – Baptiste Tati Loutard. Quête philosophique et 《Désordre》 des phénomènes* (1996) [J] . *Présence Africaine*, vol. 156, N°2, 1997, p. 187 – 204.

DELAS D, LEROUX P. *Tchicaya U Tam'si* [J] . In: *Poésie*, 2015/3, N°153 – 154, p. 43 – 61.

LEROUX P. *Entre profane et sacré, usages de la citation biblique dans les œuvre de Dambudzo Marechera et Tchicaya U Tam'si* [J] . In: *Revue de littérature comparée*, 2016/4, N°360, p. 456 – 468.

LOPÈS H. *Hommage à Jean – Baptiste Tati Loutard* [J] . *Présence Africaine*, vol. 179 – 180, N°1, 2009, p. 280 – 284.

MBAMA Y. *Tchicaya U Tam'si: poète de la condition humaine* [J] . In: *Langues & Littératures*, 2005/1, N° 9, p. 91 – 104.

五、外文书录

DELAS D. *Léopold Sédar Senghor, le maître de langue* [M] . Lonrai: Édition Aden, 2007.

DIA H. *Poésie africaine et engagement* [M] . Châtenay – Malabry:

Éditions Acoria, 2003.

DIOP S P. *Léopold Ségar Senghor. Poésie* [M]. Paris: Honoré Champion, 2015.

EBIN FOBAH P. *Introduction à une poétique et une stylistique de la poésie africaine* [M]. Paris : L'Harmattan, 2017.

GAZAGNE S. *Salah Stétié, lecteur de Rimbaud et de Mallarmé* [M]. Paris: L'Harmattan, 2010.

KALINARCZYK P H. *Le Pays natal, dans les œuvres poétiques de René Char, Aimé Césaire et Tchicaya U Tam'si* [M]. Rennes: Presses Universitaires de Rennes, 2008.

KODIA – RAMATA N. *Mer et écriture chez Tati Loutard: de la poésie à la prose* [M]. Paris: Connaissances et Savoirs, 2006.

KOUABENAN – KOSSONOU F. *Stylistique et poétique pour une lecture impliquée de la poésie africaine* [M]. Paris: L'Harmattan, 2017.

MONGO – MBOUSSA B. *Tchicaya U Tam'si, le viol de la lune* [M]. Paris: Vents d'ailleurs, 2014.

MPALA – LUTEBELLE M A. *Testament de Tchicaya U Tam'si* [M]. Paris: L'Harmattan, 2008.

NZANZU M. *Tchicaya U Tam'si, le feu et le chant* [M]. Paris: L'Harmattan, 2017.

OBENGA T. *Sur le chemin des hommes* [M]. Paris: Présence africaine, 1984.

PLANQUE J. *Jean-Baptiste Tati Loutard* [M]. Paris: Éditions Moreux, 2001.

POULET G. *La Poésie éclatée* [M]. Paris: Presses Universitaires de France, 2018.

SENGHOR S L. *Anthologie de la nouvelle nègre et malgache de langue française* [M]. Paris: Presses Universitaires de France, 2017.

SENGHOR S L. *Œuvre poétique* [M]. Lonrai: Édition du Seuil, 2006.

TATI LOUTARD J B. *La Tradition du songe* [M]. Paris: Présence africaine, 1985.

TATI LOUTARD J B. *Libres mélanges. Littérature et destins littéraires* [M]. Paris – Dakar: Présence africaine, 2003.

TATI LOUTARD J B. *Œuvres poétiques* [M]. Paris: Présence africaine, 2007.

THIOUNE B. *Léopold Sédar Senghor, un combatant parmi les homes, un poète devant Dieu* [M]. Paris: L'Harmattan, 2017.

U TAM'SI T. *Le Mauvais sang suivi de Feu de brousse et À triche – cœur* [M]. Paris: L'Harmattan, 2012.

U TAM'SI T. *Le Ventre suivi de Le Pain ou la Cendre* [M]. Paris: Présence africaine, 2007.

后 记

两年多前，很偶然地读到了《非洲现代诗选》，这本诗选按照法语、英语、葡萄牙语和土著语等类别介绍和论述了 20 世纪 30 多个非洲国家的代表诗人，并对他们的代表作进行了译介，带领之前从未关注非洲诗歌的我进入一个陌生却极具魅力的世界。通过一首首的诗歌，我感受到了非洲诗人敏锐的艺术感、创造性的想象力、多样化的艺术风格和强烈的使命感。他们在诗中不仅展现了非洲的风景、历史和文化价值观念，也表明了他们对社会问题和政治问题的关注，更传达了他们对两种文化夹击下困境的批判和反思。在他们身上，可以洞悉非洲人民混乱的心理状态以及他们对生活的热爱、对美的追求。

因语言的便利，查阅了自己喜爱的非洲法语诗人的诗歌原文，更为贴近其诗歌的韵律、意象和意境，也更被他们的诗歌所吸引，并决定选择三位具有双重文化背景的诗人——塞内加尔的总统诗人桑戈尔、刚果共和国诗人乌·塔姆西和塔蒂·卢塔尔作为研究对象，研究他们诗歌中的双重文化，包括诗人本身对传统文化和外来文化的态度。

　　20 世纪非洲诗歌多姿多彩，所研究的三位诗人的诗作是其中微小但不可或缺的一部分，希望本人粗浅的研究能够让读者更加了解非洲法语诗歌，更加关注非洲文学乃至整个非洲大陆。感谢在研究过程中给予我帮助和关怀的各位亲朋和同仁，研究的不足之处恳请批评指正。

　　是为记。

彭晖

2020 年 7 月